講談社文庫

わが母の記

井上 靖

講談社

目次

わが母の記

花の下

一

父は五年前に八十歳で亡くなった。軍医少将に昇進すると同時に退官して郷里伊豆へ引込んだのが四十八歳の時であった。それ以後三十余年間、背戸《せど》の小さい畑を耕して、母と二人で食べる野菜を作ることを仕事として過した。陸軍を退いた時は開業する気があれば幾《いく》らでもできる年齢であったが、そうした気持は全く持ち合わせていなかった。太平洋戦争にはいると、次々に軍関係の病院や療養所ができて、軍医不足の折柄そこの院長にという声も何回かかかったが、父は老いたことを理由に招きに応じなかった。一度脱いだ軍服をもう一度着る気持にはなれないようであった。恩給を貰《もら》っているのでさしずめ食べるに事欠くことはなかったが、物資には窮屈な時代でもあり、病院にでも関係していれば漸《ようや》く暗く貧しげな雰囲気を漂わせ始めていた父と母の二人の生活はまるで違ったものになる筈《はず》であった。経済的な余裕が生ずるばかりでなく、いろいろな人にも接し、老人二人の生活にも生きて行く上の張りができるのではないかと思われた。

軍関係の病院から口がかかって来たことを母の手紙で知った時、私は真剣にそれを勧めるつもりで帰郷したことがあったが、結局は口にしないで帰った。補綴《つぎ》の当った野良着を着て、六十代にはいってから急に痩《や》せの目立ってきた身体を背戸の畑に運んで行く父の背後《うしろ》姿は、何というかもう社会とはすっかり無縁なものになっていた。この帰郷の折、母の口から聞いたのであるが、父は郷里へ隠棲《いんせい》して以来家の敷地から外へ出たことは算《かぞ》える程しかなく、訪ねて来る村人には不機嫌な顔を見せるようなことはなかったが、自分から他家を訪ねて行くといったことはなかった。一、二丁のところに親戚の家が三、四軒ちらばっていたが、不幸でもない限りそこへ顔を出すこともなかった。そればかりでなく家の前の道路へ出ることも避けている風だということだった。

父が一種の厭人癖《えんじんへき》を持っていることは、私も弟妹たちもみんな知っていたが、子供たちが都会へ出てそれぞれの家庭を営んで、両親の生活から遠ざかっている間に、父のそうした性向は老齢になるに従って子供たちの考えている状態よりずっと烈《はげ》しいものになっていた。

そうした父であるから、子供たちの世話になるというようなことは考えてもみなかったであろうし、また恩給だけで一応口を糊《のり》することはできる筈であったが、終戦を境にして時代はすっかり変ってしまい、恩給の停止した時期もあり、それが復活しても、支給される額も違えば、金そのものの価値も変っていた。私は父に毎月何がしかの金を送ったが、それを受け取ることは父にとっては甚《はなは》だ不本意なことであったに違いなかった。少し大袈裟《おおげさ》な言い方をすれば死ぬ程厭《いや》だったかも知れないと思うのである。父は一文の無駄遣《むだづか》いもしなかった。余裕ある送金をしても、最低の生活費以外は一文も遣わなかった。戦後も畑仕事をし、鶏を飼い、味噌まで造って、副食物に金をかけることはなかった。それぞれ社会人として一本立ちになっている息子や娘たちは顔を合わせる度に、そうした父親を非難したり、批判したりしたが、父親の生きる姿勢を変えさせることはできなかった。息子や娘たちは両親の晩年を少しでも慰めあるものにしたい気持を持っていたが、金を送っても遣わなかったし、衣類や蒲団などを送っても、勿体《もったい》ないと思うのか、その多くは仕舞《しま》ってしまって、めったに使用することはなかったので、結局は食べ物でも送る以外仕方がなかった。食べ物は腐敗してしまうので、父もそれを食べ、母にも食べさせないわけにはゆかなかった。

父の八十年の生涯は清潔であったと言っていいと思う。人に恩恵も施さなかった替《かわ》りに、恨みを買うこともなかった。三十年の隠棲生活から考えると、汚れたくても汚れようはなかった。亡くなったあとの貯金通帳には、自分と母の葬式代として、それに適当と思われる金額が残されてあるだけであった。父は養子として他家からはいっていたが、自分が受け継いだ家屋敷はそっくりそのまま長男である私に残した。陸軍に勤めている時代に買った家財道具はその大部分を戦後売ってしまったらしく、目ぼしいものは何一つ残っていなかった。その替り、家に伝わっていた物は、軸《じく》ものや床置きのようなものまで何一つ失っていなかった。父は財産を一文も増やしもせず失くしもしなかったのである。

私は幼時、父や母と離れて祖母の手で育っていた。祖母と言っても血の繋《つな》がりはなく、医者をしていた曾祖父の妾《めかけ》であったぬいという女性であった。ぬいは曾祖父の歿《ぼっ》後《ご》、私の家の戸籍にはいり、母の養母という形で分家を立てた。勿論《もちろん》これは曾祖父の遺言に依《よ》ってのことで、一生を傍若無人に押し通した曾祖父のいかにもやりそうなことであった。

従ってこのぬいは戸籍の上では私の祖母であった。私は幼時この祖母をおぬい祖母《ばあちゃ》と呼び、本家の方の当時まだ生きていた本妻の曾祖母とも、また母の母である本当の祖母とも区別していた。曾祖母は〝おおばあちゃ〟と呼び、祖母はただ〝ばあちゃ〟

と呼んだ。私がおぬい祖母の手で育てられるようになったのには、特にこれと言った理由はなかった。当時まだ若かった母は妹を妊娠した時、人手もなかったこともあって、一時期私を郷里のおぬい祖母の許《もと》に預けたのであるが、それからずっとそのまま私は幼少時代をおぬい祖母のもとで過すことになったのである。おぬい祖母としては私を手許に置くことに依って、己が不安定な立場を少しでも固めることにもなったであろうし、それに孤独な老婆として私への愛情も私を手離し難いものにしていたに違いない。また私は私で、何しろ五、六歳の時のことではあるし、祖母に懐《な》ついてしまった以上、親のもとに帰る気持を失くしてしまったことは自然であると言うほかはない。それからまた両親は両親で、妹の次には弟が生れるといった時期で、それほど嫌がるものならといった気持で、私を手許に引き取るのを怠《おこた》ってしまったのである。

おぬい祖母が他界したのは私の小学校六年の時で、おぬい祖母が亡くなってから私は初めて郷里を出て、両親や弟妹で構成されている家庭の中にはいって行ったのである。そして父の任地の中学へ進んだが、父の転勤に依って、家族と一緒に生活する期間は一年足らずで断ち切られ、私は郷里に近い小都市の中学に転じて、そこの寄宿舎へはいらねばならなかった。中学を出てからの浪人生活一年と、高校の一年間、併せて二ヵ年家族と一緒に暮したが、この時もまた父の転勤に妨《さまた》げられてしまい、それ以後ついに両親や弟妹たちと一緒の生活を持つことはなかった。従って私は父にとっては、一緒に暮すという点では縁の薄い子供であったが、父は私に対して、ずっと膝下《しっか》において育てた三人の子供たちとみじんも分け隔《わへだ》てすることはなかった。いかなる場合も公平であったし、それも強いてそうするのではなく、手離しておいたから愛が薄いとか、手許で育てたから愛が深いとかいったそういったものは、父の場合もともと持ち合わせていないもののようであった。自分の子供たちと親戚の者たちを並べてみた場合も、同じようなことが言えた。不思議なほど愛情の使い分けといったものは見られなかった。極端に言えば、自分の息子や娘たちも、全く血縁関係のない最近知り合った者たちも、さして区別のないようなところがあった。子供たちにはそうした父親が冷たく見え、第三者には暖く見えた。

父は七十歳の時癌《がん》に罹《かか》り、一応その手術に成功したが、十年後に再発して半年程床についていて、次第に衰弱して行った。高齢であったので手術は見合わせねばならなかった。死は全く時間の問題で、今日か明日かという日が一ヵ月近くも続いた。息子や娘たちはそれぞれ喪服を郷里の家へ運び、あとは何となく病人の最期を待つような恰好《かっこう》で郷里と東京の間を往復した。私は父の死の前日父を見舞い、未だ四、五日は持ちこたえそうだという医者の言葉で、その晩東京へ帰ったのであったが、その間に父は息を引き取った。最後まで父の頭はしっかりしていて、見舞客に出す食事から、自分の死亡通知に関することまで周囲の者にこまごました注意を与えていた。

父と最後に会った時、私がこれから東京へ帰るが、二、三日したらまたやって来るという挨拶《あいさつ》をすると、父は痩せ細った右手を蒲団のなかから私の方へ差し出して寄越《よこ》した。これまでにこのようなことをしたことはなかったので、私は咄嗟《とっさ》の間に、父が何を求めているか判断がつかなかった。私は父の手を自分の手の中に収めた。すると父の手は私の手を握った。二つの手は軽く握り合わされた恰好になったが、次の瞬間、私は自分の手が軽く突き返されたような感じを持った。釣《つり》の時、竿《さお》の先端にぴくっと来るあのあたりの感じであった。はっとして私は自分の手を父の手からはなした。どう理解していいか判らぬが、しかし、確かにそこには父の瞬間の意志というものがこめられてある感じであった。いい気になって、父の手を握り、冗談じゃないよと、つと突き離されでもしたような冷んやりとした思いがあった。

この事件は、父の死から日が経っても、ある期間私の脳裡《のうり》から消えなかった。私はこのことにこだわって、あれこれ考えて時間を過すことがあった。父は自分の死が近づいたことを知り、私に父親としての最後の親愛の情を示そうとして手を差しのべて来たのかも知れない。そして私の手を握った瞬間、ふいに自分のそうした気持の動きに厭悪《えんお》を感じて、私の手を押《お》し遣《や》ってしまったのである。こういう解釈もできた。私にはこれが一番自然に思われた。もしそうでなかったら、父親は自分に応える私の手の出し方に何か気にくわぬものを感じ、自分が示そうとした親愛の情を忽《たちま》ちにして引込めて、私の手を離したのかも知れぬ。そのいずれであるにしても、父親が私の手をそれと感じるか感じられぬような微かな突き返し方に於《おい》て、急に近まった私との距離をふいにまたもとに戻してしまったということだけは確かであった。私はそうした父親を父親らしいとも思い、それはそれで父親らしくていいとも思った。

しかし、また一方で、私は自分の方で父親の手を突き離したのではないかという思いをも払拭《ふっしょく》することはできなかった。手を離したのは父親の方であったかも知れないと同様に、私の方であったかも知れないのである。冷たいあたりの感触は父親の全く知らないことで、一切私の負うべきものであるかも知れなかった。そうでないと言い切る根拠はなかった。この期《ご》になって、今更《いまさら》甘えるのはあなたらしくない。子供の私などに、手など差しのべて来てはいけない。そして私はいったん握った父の手を、そっと父の方へ返してやったかも知れないのだ。こうした解釈は、それに取り憑《つ》かれる度に私を苦しめた。

私は、だが、この父親との小さい事件をめぐって、ああでもない、こうでもないと思いを廻《めぐ》らす作業から、やがて解放されることができた。この解放は何の前触れもなしに、ふいに私のところへやって来た。父親もまた、墓の中で、私と同じような思いに駆られて、父親と私とのほか誰も知らない、それと判るか判らぬかのようなあの小さい取引きの意味を考えているかも知れないと思った時、私は急に自分が自由になるのを感じた。私と同じように父もまたあの世で、あの小さいあたりについて、思いを廻らしているかも知れないのだ。こうした想像の中で、私は初めて父親に生前に感じなかったような子としての自分を感じた。自分は父の子であり、父は自分の父であると思った。

父が亡くなってから、私は屡〻《しばしば》自分が父に似ているなという思いに捉《とら》われることがあった。私は父の生存中、自分が父に似ていると思ったことはなかったし、周囲の者もまた私が父とはまるで違った性格を持っていると思い込んでいた。私は学生時代から意識して父と反対の考え方をし、反対の生き方をしようと自分に強《し》いて来たが、そのことは別にしても、私と父とは似ているとは言えそうもなかった。父の厭人癖は若い時からのものであったが、私は常に多くの友達を持ち、学生時代には運動部の選手もしていて、いつも賑《にぎ》やかな輪のまん中に自分を置こうとするところがあった。そうした性向は大学を出て社会人になってからも続いており、隠棲生活へはいった父と同じ年齢になっても、父のように郷里へ引込んで誰とも交際しないで過すようなことは思いもよらないことであった。私は四十代の半ばに達してから新聞社を退いて文筆家として新しく出発したのであるが、この時と余り隔たらぬ年齢において、父は社会との交りを断ってしまったのである。

ところが、父が亡くなってから、私は何でもないふとした瞬間、自分の中に父がいることを感じるようになった。縁側から庭へ降り立とうとする時など、私は自分が父と同じ恰好で、足で庭下駄をさぐっていることを感じる。居間で新聞を拡げて、前屈みになってそれを覗《のぞ》く時なども同じである。煙草の箱を取り上げる時も、いったん取り上げた箱を、その仕草《しぐさ》が父と同じであることに気付いて、思わずもとに戻すこともある。毎朝洗面所の鏡に対《むか》って、安全剃刀で顔を剃るが、石鹸《せっけん》のついたブラシを水道の水で洗い、その穂の部分の水を指で絞る時など、これでは全く父親と同じことをやっているではないかと自分に言い聞かす。

こうした仕種や動作が父に似ているのはまあいいとして、父と同じ考え方にいま自分は落ち込んでいるのではないかという思いにぶつかることもあった。私は仕事をしている時何回か机から離れて縁側の籐椅子に腰を降ろし、仕事とは全く別のとりとめない思いの中に身を置くが、そうした時、いつも私はそこから見える欅《けやき》の老樹の枝を四方に張った姿に眼を当てている。父もまた同じであった。郷里の家の縁側で籐椅子にもたれていた父はやはりいつも樹木の梢《こずえ》に眼を当てていたのである。ふいに私は眼の前の淵《ふち》でも見守るような思いに打たれる。父もいま自分が落ち込んでいたような思いに浸っていたのではないかと、そんな感慨を持つ。このようにして私は自分の中に父が居ることを感じ、そうしたことを感ずることに依って、父という一人の人間のことを考えることが多くなった。私は父と屢ゝ対面し、父と頻繁《ひんぱん》に語るようになった。

私はまた、生きていた父が死から私をかばう一つの役割をしていてくれたことに、父の死後気付いた。父が生きている時は、私は父でさえまだ生きているのだからという気持で、勿論この気持は意識されたものではないが、恐らくそうした気持が心のどこかにあったことに依って、私は自分の死というものを考えたことはなかった。ところが、父に死なれてみると、死と自分との間がふいに風通しがよくなり、すっかり見通しがきいてきて、否応《いやおう》なしに死の海面の一部を望まないわけには行かなくなった。次は自分の番だという気持になって来た。これは父に死なれて初めて知ったことであった。父が生きているということだけで、子供の私は父から大きくかばわれていたのである。しかし、こうしたことは父自身の与《あずか》り知らぬことであり、ここには人間的なはからいも、親子の愛情の問題もなかった。これは、父と子であるという、ただそれだけの関係から生み出されて来るもので、これこそ一組の親子というものの持つ最も純粋な意味であるに違いなかった。

父親に死なれてから私は自分の死を、そう遠くない一つの事件として考えるようになった。しかし、私の場合、母親がまだ健在なので、死の海面の半分は母に依って遮《さえぎ》られているわけで、私と死の間に置かれている屛風《びょうぶ》がすっかり取り払われるのは母が亡くなってからのことである。その時は、死は現在とはまた違った風通しのよさで私の前に立ちはだかって来る筈である。

母はいま父の歿年に達している。母は父とは五つ違いであるから、今年八十歳である。

二

父の歿後すぐ問題になったのは母親の身の振り方であった。父が亡くなった時、母は郷里の家に一人残された。私たち四人兄弟の中、上の妹は三島に住んでいたし、私も、弟も、下の妹も、それぞれ東京に居を構えていた。母にしてみたら、父が隠棲するようになってから三十年も住み慣れた郷里を離れるなどという気持は毛頭《もうとう》持っていなかったが、息子や娘たちにしてみると、老いた母親をいつまでも一人でほっておくわけには行かなかった。母は至極健康で、小柄ではあったが腰も曲らず、少し動いたあとなどは頰の血色もよく高齢の老婆とは思えなかった。眼も眼鏡なしでも新聞が読めたし、奥歯が一、二本欠けてはいたが、一本の義歯もなかった。身体はしゃんとしていたが、父の亡くなる二、三年前から物忘れがひどくなり、同じことを二回も三回も続けて言うようになっていた。父は母を残して行くことがよほど心配だったらしく、息を引きとるまで、顔を合わせる人という人に母のことを頼んでいた。私にはそうした父の懸念《けねん》が訝《いぶか》しく思われていたが、母が一人になってから、父の心配がなるほどと思われた。母と離れていると判らなかったが、暫《しばら》く一緒に生活してみると、老いが母の頭脳を蝕《むしば》んでいる程度は予想以上にひどいものであった。五分か十分面と対って話している分には判らなかったが、ものの一時間と対座していると、母の口からは全く同じ言葉が何回も出された。自分がその言葉を口に出したことも、それに対して為された相手の返答も、その瞬間忘れてしまうらしく、暫くすると、母はまた同じ話を繰り返した。話そのものには少しもおかしいところはなく、父と違って若い時から社交的であった母のいかにも口にしそうな話題であった。人の安否を訊ねるにしても、どこかに柔かみを持った母の性質の出ている訊ね方であった。従ってそれを一回耳にする限りに於ては、誰も母の頭脳に老化のための銹《さ》びついた部分があろうとは思わなかった。ただ一言一句変らない言葉を、同じ表情で話し出されると、そこに異常なものを認めないわけには行かなかった。

母は父の一周忌がすむまで、孫のような若い女中と二人で郷里の家に住んでいた。そして一周忌がすむと、すったもんだの挙句の果、不承不承に東京へ移り、末娘の家に、詰まり私にとっては末の妹である桑子《くわこ》の家に身を寄せることになった。事情があって婚家先を出て美容院を開いて自活して行こうとしている桑子が、母を引きとって一緒に住む役を引き受けることになったのである。東京には私と弟の家もあったが、母は嫁の世話になるより娘たちの世話になることの方を望んだ。娘の家へ落着くことが、東京へ移ることを承諾する条件であった。

東京へ移ってからの母は同じ話を繰り返すことが一層頻繁になった。桑子は私の家へ顔を出す度に、そうした母親に手を焼く話をした。実際に壊れたレコードの盤のように、朝から晩まで同じことを繰り返されていてはやりきれないであろうと思われた。私は妹に息抜きをさせるような気持で、時々母を家へ迎えた。しかし、一晩泊ると、次の朝はもう妹の家へ帰りたがった。強引に引きとめておいても、三日とは続かなかった。私にも家の者たちにも母の物忘れと同じ話を繰り返す症状が来る度ごとに烈しくなっているのが判った。

「おばあちゃんはとうとう壊れてしまったな」

大学へ行っている長男が言ったことがあるが、実際に母を見ていると、壊れた機械といった感じだった。病気ではなく、一部分が壊れているのである。全部が壊れているのでなく、一部が壊れているのであるから、壊れていない部分もあるわけで、それだけに取り扱いにくいところがあった。壊れている部分と壊れていない部分とは交互に混じり合っていて、その見分けは難しかった。物忘れはひどかったが、忘れないで覚えているところもあった。

母は私の家に居る時は、日に何回となく私の書斎へ顔を出した。母独特のスリッパの音の立て方をして廊下を踏んで来るので、私にはすぐ母のやって来ることが判る。一ちょっとお邪魔しますよと、他人行儀な言い方をして、母は部屋へはいってくる。一度あなたに話しておこうと思っていたんだが、そんな前置きをして、私が既に何回も聞いた話を持ち出す。郷里のどこそこの家の娘が結婚したのでその祝い物をやらねばならぬとか、だれそれがこういうことを言っていたので、そのことを承知しておいて貰いたいとか、そういった内容の用件である。私たちにとっては取るに足らぬ何でもないことであるが、母がそれを忘れないで何回も繰り返すところからみると、母には大切な用件であるに違いなかった。

何回目かに書斎へ顔を出す時には、母もさすがに、もしかしたら自分はもうこの用件でこの部屋を訪ねているのではないかと思うらしく、その表情は多少の自信のなさと躊躇《ちゅうちょ》の気持を現している。あのね、そう言いかけた時、こちらで先き廻りして、母が言わんとすることを口から出すと、母はやっぱり話してあったのかといった娘のような恥じらいを顔に浮かべる。そしてその場をごまかして、部屋をつっ切り、廊下へ出て、何か用事でも思い出したように下駄を足につっかけて庭へ出て行く。やがて母が誰かと話しているどこか華やぎのある屈託のない笑い声が庭の方から聞えて来る。しかし、また一、二時間すると、母は私の部屋へ同じ話をするためにはいって来るのである。

母が同じ話を何回も口にするということは、母がそのことに異常な程強い関心を持っていることに他ならず、その原因となっているものを除去すれば、その関心を逸らすことができるに違いない。私も家の者たちも、そのように考えて、そのように努めた一時期があった。どこそこへ物を贈るということが母の関心事である場合、妻の美《み》津《つ》は母に品物を見せ、それを母の眼の前で荷造りし、それを郵便局へ持って行くように手伝いのおばさんに託した。しかし、そんなことでは母はその関心事から解放されなかった。そんなこととして、本当に送るかどうか判ったものじゃない、母は荷造りする妻の手許をうさん臭そうに見守りながらそんな憎まれ口を叩いた。そうした母は可愛げがなかったが、しかし、どこかに行為の中を流れている自然なものと、底に秘められた策謀的なものとを鋭く見分けているところがあった。そして母はまるで意地にでもなったように、そのことを繰り返して口から出すことをやめなかった。そうしたところは誰にも反抗的に見えたが、しかし、母は反抗しているのでも、意地悪をしているのでもなかった。一、二時間もすれば、美津が自分の前で荷造りしたことも何もかもすっかり忘れているのであった。

しかし、母の頭の中で、壊れたレコード盤はいつまでも同じ言葉を出して廻っているわけではなかった。何かの拍子にふいにそれまで母の関心を己が一身に集めていた住居人は雲がくれしてしまい、別の新しい住居人がはいって来た。母を一番よく知っている妹の桑子でも、どうしてそれまでいた住居人が突然居なくなるかは見当がつかないらしかった。母はきのうまで繰り返していたことを、突然ある日から口に出さなくなった。口に出さなくなってから、そのことを繰り返させようと思っても、それは望めなかった。母は打って変ってそのことには無関心な態度を示した。新しい住居人がいかなる理由で母の頭の中へはいり込んで来るのかも判らなかった。母が繰り返す話の内容は雑多なことにわたっていた。こういうことをして貰いたいという自分の願望もあれば、人からこういう話を聞いたという単なる報告もあり、また過去に自分が経験した遠い出来事への回想もあった。なぜそれが、壊れたレコード盤の言葉として、母の意識を繁《しげ》く刺戟《しげき》して来るのか不明であった。

母が明治二十六、七年頃に十七歳で亡くなった親戚の少年である俊馬《しゅんま》なる人物の名をしきりに口に出すことに、私が気付いたのは去年の夏であった。その夜、私は客を築地の料亭に招《よ》んでいて、帰宅した時は十一時を廻っていた。居間の長椅子に腰を降ろすと、隣りの八畳間から子供たちの声に混じって母の声が聞えていた、おばあちゃんが来ているなと私は妻の美津に言った。私も、家の者たちも、私の弟妹たちも、みな母のことをおばあちゃんと呼んでいた、そうなんです、どうした風の吹き廻しか、と美津は笑って言った。夕方、桑子から電話がかかって来て、母が珍しくそちらに行くと言い出した。一晩泊るとすぐまたこちらへ帰ると言い出すに決まっているが、いったん口に出すと諾《き》かないので、くるまで送り出すから預って貰いたいという話だったと言うのである。

――おばあちゃんが俊馬さんのことを好きだったのは判るよ。でも、そんなに俊馬さん、俊馬さんと、俊馬さんのことばかり言うのはみっともないよ。八十にもなって、そんなこと言うもんじゃないの。

〝言うもんじゃないの〟の〝の〟に力を入れて高校三年の次男が言っている。

――好きなものかね。

母の声である。

――あれ、おばあちゃんごまかしている。おばあちゃんは俊馬おじいちゃんが好きだったじゃないか。え、嫌いだったの？ ね、嫌いじゃないでしょう。

――俊馬おじいちゃんだなんて、おじいちゃんなものかね。丁度あんたぐらい。

――生きていれば今九十近いでしょう。

――そうかしら、そうはなるまい。

――だって、おばあちゃんと七つか八つ違っているじゃないか。

――いま生きていればと言っても、その時死んだんだから仕方ない。丁度あんたぐらいだった。でも、年齢は同じぐらいでも、あんたたちよりもずっと優しかったし頭がよかった。

子供たちのうわあっという歓声で母の声は消えた。誰かが背後にひっくり返ったらしく襖《ふすま》が音を立てた。喋《しゃべ》っていたのは次男であったが、大学の長男の笑い声も、中学の次女の笑い声も聞える。子供たちの笑い声に混じって、やはり調子を合わせなくてはと思ったらしいそんな母の笑い声も聞えている。ひどく賑やかだった。

「子供たちにおばあちゃんをからかわせてはいかんな」

私が言うと、

「おばあちゃんの方がいけないんです。ここへ来る度に、子供たちをつかまえては、俊馬さん俊馬さんと俊馬さんの話ばかり聞かせるんですから」

美津は言った。

「どんな話をするんだ？」

「俊馬さんは優しかったの、十七歳で一高へはいって秀才だったの、生きていたら大変な学者になったろうの、あれじゃ、子供たちだってからかいたくなりますわ。弟の武則《たけのり》さんのことも同じように自慢して話しますが、俊馬さんほどではないようです。この前亡くなったおじいちゃんの命日の時、夕御飯におばあちゃん招《よ》んだでしょう。あの時も、俊馬さんの話ばかりしているんで、わたし、そんなに俊馬さんの話ばかりしていないで、おじいちゃんのことも少しは話して上げないと、おじいちゃんに義理が悪いでしょうって言ってあげたんです」

母がそうした話をするということは私は全然知っていなかった。妻は知らないとは不思議だという顔をして、

「俊馬さんのことを話すようになったのは、もう大分前からですよ。聞いたことないんですか。子供のあなたの前では話さないのかしら。——おばあちゃん、そのひと好きだったんでしょうね、よほど」

「驚いたな。親父さっぱりだな」

私は言った。

私も勿論、俊馬と、その弟の武則という名前は自分の家に何らかの関係を持った一族の一員として記憶していた。母とは所謂《いわゆる》いとこちがいの関係にあり、母の父親、詰まり私の祖父と俊馬兄弟とは従兄弟同士の間柄であった。この兄弟は幼時早く両親を失った関係で私の家にはいり、母と一緒に育てられたらしかったが、俊馬は第一高等学校にはいって間もなく亡くなり、その弟の武則もまた同じ学校に在学中他界した。二人とも亡くなったのは十七歳だった。十七歳で一高へはいるくらいだから母が言うように二人共秀才だったかも知れない。郷里にある私の家の墓地には、その東南隅に二人の少年の墓石が並んで置かれているが、兄の方は私の家の姓になっており、弟の

方は姓を変えていない。私は幼時から何となくわが家の墓地に正系でない者が紛れ込んで眠っているような気持がしていた。

母がしきりに俊馬の話をするということを知ってから、私はそれとなくそのことに注意した。家で知らなかったのは私ばかりで、母が自分の恋人ででもあるように俊馬についてばかり話すことは手伝いのおばさんまでも知っていた。桑子が来た時そのことを話すと、おばあちゃんたら私の前では決して言わないの。でも、そのことは郷里でも親戚でも有名よ。私たち子供たちには言わないところは、やはり遠慮というものかしら。おばあちゃんにもまだそれだけの分別はあるのね。そんなことを言った。

母が俊馬について話すと言っても、その話の内容たるや頗《すこぶ》る簡単なものであった。優しかったということ、秀才だったということ、ある日勉強している時、庭から縁側へ近づいて行くと、上がって来てもいいよと声を掛けてくれたということ。こういうことだけであった。当時母は七歳か八歳かぐらいの筈である。上がって来てもいいよと相手が声を掛けてくれたということは、少女だった母には一生忘れることができぬ事件だったのかも知れない。母はそれ以外のことは何も話さなかった。話さないというのは話すことがあっても話さないというのではなく、恐らくそれ以外に何も記憶していることはないのであろうと思われた。あらゆる関心事の中で、この俊馬に対する関心事だけは、いつまで経っても母の頭から消えないもののようであった。その点が、母の頭の中の他の住居人たちと異るところだった。

私や弟妹たちは一緒になると、よくそのことを話題に取り上げた。母は娘時代早逝《そうせい》した親戚の秀才少年が好きだったのであろうということがみなの一致した意見であった。これ以外に考えられなかった。兄の方は姓が変っているくらいだから、あるいは許婚者《いいなずけ》になっていたのかも知れない。そしてこうした話になる度に、誰かが必ず、それにしても夫である父親と一生過したことを忘れてしまい、俊馬さんは俊馬さんはと俊馬さん一辺倒は困るというようなことを言った。この話はいつも笑いで打ち切られたが、確かにあるおかしさと、思いがけないものを自分たちを生んだ母親が持っていて、それが今頃になって披露されたことに対する驚きとも、してやられた思いともつかぬものがあった。

このことを知ってから、私の眼には老いた母の姿が今までとは少し違ったものとして映るようになった。

私も弟妹たちも母が少女時代の淡い恋情を一生胸に懐《いだ》いて生きて来たからと言って、それを不快に思う年齢ではなかった。またそのことを地下の父が知ったとしても、父もまたさして特別な感慨は持たないだろうと思われた。うむ、そうか。それでおしまいのような気がする。なにしろ七十年程昔のことで、私も、弟妹たちも、私の家の者たちも、しようのないおばあちゃんだなと口では言いながらも、寧《むし》ろどこかに涼風の通るような爽《さわ》やかさを覚えないでもなかった。

私は子供たちに祖母をからかうことを禁じたが、しかし、家へ来ると、祖母の方から新しいことでも話して聞かせるような調子で、俊馬さんが——、を始めるので、子供たちも初めはまたかといった顔で取り合わないが、くどく言われると、どうしてもからかうことになった。母はいつも俊馬さんを口に出す時、一種独特な羞《はに》かみを含んだ表情をし、本当は言わない方がいいのだが、まあ、少しだけ話してみようかといったそんな娘々した切り出し方で話した。母は自分が孫たちに耳に胼胝《たこ》ができる程聞かせていることは忘れているので、いつも話し出すその態度には初心忘るべからずの、その初心のよさがあった。

私は母が俊馬さんの話を始めると、その顔に眼を当てた。昆虫の触角の動きでも観察するような興味があった。勿論、母は私の前では決してそんな話はしないので、母が子供たちと話している時、それとなく視線を母の方へやるほかなかったが、母の表情の動きにも図々しいところはみじんもなく、ある躊躇《ため》らいと、羞かみと、そしてこの話をする時だけに示す一種の思い詰めたようなものが感じられた。母の顔を見守っていると、私は本当に母は少女の頃俊馬少年が好きだったのだと思い、その思慕をとうとうこの年齢まで持ち続けて来たのであろうかという感慨に打たれずにはいられなかった。老いに蝕ばまれた母の言葉にも表情にも老いとは別種のある哀れさがあった。老人独特の楽天的な笑い声にも、時たま見せる放心の表情にも、こちらが一、二歩退がって黙って見ていてやらねばならぬといったものがあった。

「女には子供をなしても心を許すなと言うが、本当だな」

私は妻に言ったことがある。

「そうかしら、そういうものかしら、おばあちゃんが特別じゃないのかしら」

美津はその時自分の心の内側でも索《さぐ》るような眼つきをして言った。そしておばあちゃんを見ていると何となしに人間の一生というものが詰まらなくなってしまうというような感想を洩《も》らした。詰まるか、詰まらないかは、視点の置き方に依るもので、生涯にわたっての夫婦としての肉体的な結びつきなどたいして意味のあることではないという言い方もできたし、精神的な愛情のほんの小さなひとかけらでも、人間の長い生涯を貫いて消えないものだという見方からすれば、人生もまんざら棄《す》てたものでもないと言うこともできた。そのいずれの考え方をするにしても、母の表情に哀れさがあるように、私と妻との間の話題にも、やはりある哀れさがあるようであった。人間の一生というものは、その結論からみると、生きて行くことを詰まらなく思わせるようなものがあることは事実らしく、私の見る現在の母の姿が、八十歳まで生きて来た一人の女性の結論であると受け取っても、さして間違いではないことのように、私には思われた。

去年の夏に美津の母親が広島の次女の家で、詰まり美津の妹の婚家先で他界した。私の方も長命の血筋であったが、妻の方も長命の家系で、妻の父は戦争末期に私の父と享年を同じくして八十歳で他界し、こんど母親が八十四歳で歿した。夏の初めに病状が悪化したという報を受けて、妻はすぐ広島へ出かけて行き半月程看病して、母の最期を看取《みと》った。私は風邪をひいていて葬式には行けなかった。五月の末に見舞に行った時義母に会ったのが最後であった。

美津は葬式がすんでから更に二週間近く妹の家に滞在していた。家を空けることの嫌いな美津にしては珍らしいことであったが、母が亡くなった後の片付けもあったし、妹と一緒に何日も同じ屋根の下で過すのも、母に死なれてしまったからには、これがもう最後だといった気持もあったようである。美津は帰って来ると、その日の夕食の席で、母親の臨終の話をした。美津自身が自分の眼で見たことも、妹から聞いた話もあった。どこのおばあちゃんも一緒ね、そんな言い方で、美津は広島の母親のことを、私や子供たちに話した。

広島の義母は亡くなる一ヵ月前から、自分を親代りになって育ててくれた自分の姉の名前をしきりに呼び始めた。お姉さん、お湯を下さいよ、お姉さん、お薬を飲ませて下さいな。何の用事でも姉の名を呼んだ。一年近く病床にあったが、それまでは頭は周囲の者より確《しっか》りしているくらいで、毎朝亡くなった夫の位牌のある仏壇へ水を供える指図をしたり、時には見舞をくれた人に床の上に腹這いになって礼状を認《したた》めたりしていた。おじいちゃんがおじいちゃんが、と十何年も前に亡くなった夫のことを言わない日はなかった。それが突然いつとはなしに、おじいちゃんのおの字も口から出さなくなり、姉の名ばかり呼び出した。そして姉の名を呼ぶ呼び方には、幼い妹が姉に甘えかかる時の口調があって、それが八十四歳の老婆の口から出ると、周囲の者には異様に聞えた。

「わたしが行った時も、わたしを姉さんと間違えてるの。――お姉さん、来てくれたのかえ」

妻がその口調をまねると、

「うえっ、気持が悪いんだな」

長男は言った。

「ところが気持が悪くないの。年寄りなのにどこからあんな甘い声が出るのかと思うくらい、優しく甘えちゃって、看護婦さんまで感心して、ほら、お姉さんが始まりますよ。――それからだんだん子供になって行って、亡くなる二、三日前はとうとう赤ちゃんになっちゃった。指をくわえてちゅうちゅう吸う。お乳のつもりなのね。これがまた本当の赤ちゃんみたい」

私には八十四歳の老母の指を吸う様子は想像できなかった。義母は死期が近づくにつれ、次第に体が小さくなって行ったというから、そのように小さくなった義母を見ていたら、あるいは周囲の者にはそうした仕種がさして不自然でなく映ったかも知れないと思われた。美津は私に言った。

「わたし、こんど広島のおばあちゃんを見て、こちらのおばあちゃんのことが判る気持がしたんです。こちらのおばあちゃんも赤ちゃんの方へ向って歩いて行っていると思うの。いま丁度十歳ぐらいのところで停まっているんです。それに違いないと思うわ。俊馬さんのことが忘れられないんではなくて、俊馬さんと遊んでいた十歳ぐらいのところへ自分が戻っているの」

美津は言った。美津のこうした見方に、私は反論する何の材料も持っていなかった。そう言われてみれば、そうかも知れないと思うほかはなかった。末娘が言った。

「なるほどおばあちゃんは十歳なのね。じゃあ、まだおじいちゃんと結婚しなかった年齢だから、おじいちゃんのことを言わない筈ね。おじいちゃんを知らないんだから」

　すると、次男が言った。

「広島のおばあちゃんの方がテンポが早くて、あっという間に娘になり、子供になり、赤ん坊になって、そして死んじゃった。うちのおばあちゃんの方はまだ丈夫だから何年か十歳が続くよ。まだ当分俊馬さんを聞かされる」

　続いて長男が言った。

「逆に若くなって行くということは、詰まり、過去が消えて行くことなんだ。完全にそうなって行くんなら面白いが、消えない部分があるんで困る。都合の悪い部分だけ消えて都合のいいところは残るんだ。――それにしても、おばあちゃん気の毒に、大分濡《ぬ》れ衣《ぎぬ》を着たことになる」

　私は家の者たちの話を聞いていながら、美津の母の場合を、そのまま私の母へ当てはめることは正しいかどうか判らないが、それにしても人間というものは年老いると多少そうしたことがあるであろうと思った。母もまた例外ではないであろう。過去のある部分はすっかり消えてしまっている。母は父のことも忘れているとしか思われないし、自分の子供への関心の持ち方も若い時とは較べものにならぬ程衰えている。孫に対する愛情などはあるのかないのか判らない状態である。こうしたところから考えると、母は消しゴムで己が歩んで来た人生の長い線をその一端から消して行くように消して行ったのかも知れない。勿論母は自分で意識してそうしたのではなく、消しゴムを握っているのは老いである。老いというどうにもならぬものである。老いが母の一生歩いた長い線を次々に手近いところから消して行くのである。

父の方は死ぬまで何も消さなかったような気がする。父の歩んだ生涯はかなり濃い線でくっきりと描かれてある。父は十歳にもならなければ、嬰児《えいじ》にもならなかった。一人の父親として子供の私の手を握り、そして自分の八十年の生涯を打ち切ったのである。しかし、父にもまた、死の何分か何十分か前、他の誰にも判らぬ形で老いが消しゴムを握って、父の生涯のどこかの部分を消したかも知れない。そうしたことがなかったとは言えないのである。

ともかく、このようなことがあってから、私は母親十歳説を、弟妹たちに披露した。

「おばあちゃんも、では、何年か先には指をしゃぶるのね。可愛いでしょうね、そうなったら」

妹の桑子は言って、

「でも、おばあちゃんの最近一番関心の強いものは何か知ってますか。お香奠《こうでん》よ。郷里で誰が亡くなったと聞くと、お香奠をやらなければならぬと言って大騒ぎなの。ちゃんと送金したということを納得するまではうるさくて堪《たま》らないわ。昔からのお香奠帳を持っていて、どこからは幾ら、どこからは幾ら、——でも、時代がすっかり変ってるでしょう。もう代が変ってしまってやらなくてもいい家もあるんですが、それは判らないの。それにお金の価値も変っているでしょう。それも判らないの。——十歳どころじゃないわよ」

母親と一緒に暮していて母親の日常を一番よく知っている妹から香奠のことなど持ち出されると、私も弟も、なるほどそれなら十歳と言うわけには行かないと思った。

「香奠のことをいう時のおばあちゃんは完全に気強い老婆ね。死イコール香奠ね。誰かが死んだと言うと、いきなり反射的に香奠を返さなければならぬと思うらしいの。まるで借金しているみたいなの」

妹は言った。

三

この春、私は家の者全部と、それに弟妹の家族で都合できる者たちに参加して貰って、内輪だけで何となく母を擁《よう》するような恰好で、少し遠出の花見を計画した。満八十歳になった母親を祝うための小旅行であった。川奈ホテルに一泊し、下田へ廻ってそこに新しくできたホテルに泊り、くるまで天城《あまぎ》を越えて、郷里の部落へ立ち寄る。郷里ではみんなで揃《そろ》って父の墓参をしようというスケジュールであった。ホテルの部屋を予約したのは正月早々であり、参加する者たちの顔触れも早く決まったが、母だけには伝えなかった。桑子からの申し出で、この計画が母の耳にはいると、毎日毎日そのことばかり口に出して、一体いつ行くのかというような同じ質問を繰り返して周囲の者たちを悩ますので、ぎりぎりまで伏せておいて貰いたいということであった。そういうわけで出立《しゅったつ》の前日まで母には知らせないことにした。

しかし、どうして知ったのか、四月にはいると母は自分が皆と一緒に伊豆へ花見に行くということを知ってしまっていた。旅行の前の何日かは、朝と晩に母から私の家へ電話がかかって来た。桑子は美容院を経営していて、毎日そこへ出勤していたが、その桑子の留守を覗《うかが》っては母は電話をかけて来た。母は自分が郷里へ立ち寄れるかどうかが心にかかっているようであった。電話口へ出た者が間違いなく郷里にも立ち寄ることになっているということを伝えると、その度に、ああ、そうかね、それはまことに結構なことですね、とそんなことを言ったが、すぐそのことは母の頭から消えてしまった。

出立の時は大騒ぎだった。桑子と母は前日から私の家の方へ来て泊った。母が自分だけ置いて行かれるかと思って、そのことを心配するので、それを封ずるための措置であった。

その日、私たちは二台の自動車に乗って東京駅へ向ったが、母はくるまが家の角を曲ると、すぐ、ああ、大変なものを忘れた、でも、仕方ないから、もういいよ、そんなことを言った。何を忘れたか訊いてみるとハンドバッグであった。助手席に乗っていた桑子が、そんなことはない、忘れてはいけないと思って、自分は玄関でそれを母に持たせたと言った。くるまを停めて、みんな立ち上がって坐席のあたりを探したが、どこにもハンドバッグは見当らなかった。私はくるまをもう一度家へ帰した。母のハンドバッグは、その上にきちんと四角に畳んだハンケチと紙を載せて、玄関の横手のつつじの株の上に置かれてあった。どうして母がそんなところへ置いたか判らなかった。

東京駅には弟夫婦とその二人の子供が待っていた。桑子の姉に当る、私のすぐ下の妹夫婦は都合でこの旅には参加せず、高校生の娘と、去年大学を出て証券会社へ勤めている長男の二人が参加する筈になっていた。この二人の孫の姿の見えないことが母を心配させた。母は、私が赤帽に荷物を託している間、あたりを落着きなく見廻していたが、時々孫らしい者の姿を駅の雑踏の中に見出すのか、ふいにふらふらとその方へ歩き出そうとした。私は長男と次男に母の監視役を命じた。母は二人の孫の姿が現われないことで顔色を変えていた。

「まだ汽車が出るまでには三十分あるから、大丈夫」

次男はそんなことを言ったが、あ、ハンドバッグと、とんきょうな声を出した。みんながその方へ顔を向けると、母もあたりを見廻した。わたしが持ってるわ、次女が言った。だめだよ、持つなら持つと言わないとみんなが心配するじゃないか、長男がたしなめると、いいよ、いいよ、わたしが持つよ、母は口を出して、おばあちゃんはだめ、とだれかに極《き》め付《つ》けられたりしていた。

そのうちに二人の孫たちも現われて、一団はホームへと移動した。母は時々立ち停まっては誰かが居なくなったと言って、大騒ぎをした。その度に長男と次男に言いふくめられたり、叱られたりした。孫にしかられる度に母は照れて、陽気な笑い声を立てた。

伊東行きの電車に乗り、それが動き出すと、それまで人の世話をやいていた母は静かになった。坐席の上にきちんと坐り、膝の上に手を置いて窓の方へ顔を向けた。それが汽車に乗ったものの礼儀ででもあるように、虔《つつま》しく沿線の風景を観賞する態度を示した。窓へ顔を向けている母の顔を、少し離れたところから見ていると、汽車へ乗り込むまでとは違って、全く自分一人であった。同行者のない老婆がひとりで汽車に乗っているといった感じであった。

川奈ホテルでは私たちは広い芝生の庭の眺められる海側の幾つかの部屋に収まった。丁度昨日今日が桜の満開という日にぶつかっていて花見の旅としては申し分なかった。部屋の窓からは造花のように固い動かない感じの桜花の群れ群れが、絵具の斑点でもなすったようにあちこちに見られた。海面は見えなかったが、風の加減で波の音は聞えた。

夕食までの時間を、私たちは幾組かになって、広い芝生の庭を歩いて過した。ホテルへはいってからの母は、ここが伊豆なものか、こんな伊豆はありはしないとでも思っているのか、口を開く度に多少不服そうな言葉を洩らした。美しいでしょう、女たちは祖母に同じような言葉を掛けていたが、そんなに美しい美しいと言われても、手離しで同調してばかりはいられない、母はそんな態度を見せた。そうした時の、母の表情には子供がすねた時のような軽い反抗があって、十歳の童女にも見え、年齢通り八十歳の老母にも見えた。

七時から大きい食堂の一隅に卓を幾つか並べて席を造って貰い、そこに大人も子供もばらばらに陣取って会食をした。母だけは中央の席に坐った。母は疲れたのか、スープを口に入れただけで、殆ど料理には手をつけず、口数も少なくしていたが、それでも終始笑顔を見せていた。自分のために多勢の人が集まっていることに、わが意を得たといったところがあるらしく、こうしたところは、亡くなった父とはまるで違った性格を見せていた。

会食を終ると、みんないったんは部屋へ引き上げたが、すぐまたどこかへ出て行った。私は弟と同じ部屋だったので、二人で部屋へ引き籠って、久しぶりで肉親の兄弟だけが交わせる話をしていた。昼間は絶えず誰かが部屋へ顔を出したり、出て行ったりしていたが、いまはそうしたことはなかった。両隣りの部屋もしんとしていた。

窓から庭を覗いた弟が、みんな夜桜を見に行くらしいと言った。その言葉で私も窓際に立って行って窓外を覗いてみた。女たちと子供たちが二組か三組に分れて、戸外灯の光に明るく照らし出されている芝生の上を突切って行くのが見えた。ホテルの建物に近いところの桜樹には照明が当てられてあって、芝居の書割のように、そこだけ浮き上がって見えていたが、芝生の向うにある遠い桜樹は、全く闇の中に取り入れられてあった。その闇の中にはいっている一群の桜樹が一番みごとだと食堂での話題になっていたので、女子供たちはその方へ行こうとしているらしかった。

暫くすると弟はフロントへ降りて行った。弟の細君だけが明日一団から離れて東京へ帰ることになっていたので、その乗車券の手配でもするものと思われた。私はひとりになってから、隣室で何か小さい音のするのを聞いた。誰もいない筈であったが、私はふと母が部屋に残っているのではないかと思った。私はさっき窓から見た一団の中に母の姿がなかったことを思い出した。

私はすぐ廊下へ出て桑子と母の部屋になっている隣室の扉の把手《とって》へ手をかけた。扉はすぐ開いた。部屋へはいってみると、窓から遠い方の寝台の上に母は坐っていた。昼間電車の坐席の上に坐っていたと同じ恰好で、母はきちんと坐って手を膝の上に置いていた。

「さっき収《しゅう》ちゃんが誘いに来てくれたが、わたし休ませて貰った」

母はひとりで部屋に残っていることに引け目でも感じているような言い方をした。収ちゃんというのは私の長男のことである。私は暫く母親につき合ってやろうと思って、窓際の椅子に腰を降ろしたが、すぐ前の卓の上に置かれてあるハンドバッグが眼についた。私はそれを取り上げて内部を覗いてみた。薄汚れたノートが一冊はいっているだけで、他には何もはいっていなかった。何もはいっていないんだねと、私が言うと、そんなことはありませんよ、何もはいっていないんなら、きっと桑子が自分のハンドバッグに移したんでしょう。そう母は言って、それが気になるのか、ずり落ちるような恰好で寝台から降りて来ようとした、私が止めると、母は素直にまた寝台の上に坐った。

私はハンドバッグからノートを取り出して開いてみた。香奠帳だった。父の筆蹟で、片側に人名や屋号が記されてあり、それに対応するところに金額が記されてあった。最初の頁には昭和五年の日付が書かれてある。私は意外なものに意外なところでぶつかった思いで、思わず母の顔を見た。

「なぜ、香奠帳など持って来たの」

私が訊くと、

「そんなものがはいってますか。では、はいっていることを知らないで、そのまま持って来たんだね」

母は悪戯《いたずら》でも咎《とが》められた子供のように、照れた顔で、それを自分の手に取り返すために、こんどもまた寝台から降りようとした。私はハンドバッグを母のところへ持って行ってやって、再び窓際の席に戻った。

「変だね。わたしは知りませんよ。桑子でも入れたのかしら」

母は言って首をかしげて見せた。自分の弁解を補強するつもりらしかった。桑子がそんなものを入れる筈はなかったので、母自身が入れたものに違いなかったし、それを知らないで持って来る筈もなかった。

弟がはいって来た。随分客がはいっているらしいが、どの部屋もからっぽだ。みんな戸外へ出ているんだな。弟はそんなことを言いながら、私に対《むか》い合って腰を下ろした。

「一体、あすの予定はどうなっているの？　ここからどこか行くんでしたかね」

母はハンドバッグを自分の背の方に匿《かく》すようにして言った。弟の前で香奠帳の話でも蒸し返されては大変だと思ったらしかった。私は何度目かのことだったが、一応あすからの旅のスケジュールを説明し、それから郷里で父の墓参をするが、墓地のある山に登ることは母には無理だろうということを話した。すると、

「お墓詣《はかまい》りはわたしは堪忍して貰いましょう。あの坂は足も滑るしね。それにもう、この辺でおじいちゃんへのお勤めから放免して貰いましょう。随分いろいろなことをしてあげたものね。もういいでしょう」

母は俯向《うつむ》いて寝台のシーツの皺《しわ》をのばしている仕種をして、自分の手許に眼を落して言った。母にしては珍しく一語一語に、しんみりと自分の気持をこめているような言い方だった。私はそうした母を珍しいものを見る気持で眺めていた。母がふいに十歳の少女から、分別ある大人へ立ち戻ったような思いがした。父のことを話すのも珍しいことであった。すると、母は俯向けていた顔を上げて、それを私たちの方へは向けないで、空間の一点に据《す》え、いかにも考えている風にしていたが、ふいに、

「雪の降っている時迎えに行ったことがある。お隣りの奥さんと一緒に行きました。道が凍っててね」

その口調とその表情は、明らかに母が回想の中にはいっていることを示していた。私と弟に話しているつもりらしかったが、ひとり言の口調であった。父をどこかに迎えに行った時のことを話しているのであろう。母は過去において雪国と関係を持って

いた。私を生んだのは師団のあった旭川だったし、父が退職の辞令を受けた最後の任地は、これまた師団のあった弘前《ひろさき》であった。金沢でも二年過していた。従って母が父を迎えに行ったというのは、それらの北方の都市のいずれかであるに違いなかったが、どこかは判らなかった。

するとまた、母は同じ言い方で言った。

「収ちゃんたちもお弁当を持って行くようだが、わたしも毎日お弁当を作った。おかずにはほんとに困った」

私も弟も黙って聞いていた。黙っていなければならぬようなものがあった。すると、母は続けて言った。

「靴も磨《みが》いた。軍人さんの長靴は磨くところが多くてね」

私は母の頭にいまレントゲン光線のようなものが射し込んでいる部分があるのではないかという気がした。鋭い一本の光の箭《や》が母の頭の内部に突き刺さっている。そして、そこだけの記憶がさえざえと冴え返っていて、母はそれを拾い出しては、言葉として口から出しているのである。平生の母は自分で意識してものを思い出すことはなかった。思い出すことは、どれも自然に思い出されて来ることばかりである。いまの母は違っていた。父から受けた苦労の断片を自分で頭の中から引張り出している。喋

り方にはどこかに怨《えん》ずる口調があった。母の言葉が切れた時、

「おばあちゃん、弘前でみんなでお城へ花見に行ったことがあったね」

弟が言った。弟も母が父との生活における辛いことばかりを思い出していることに気付いて、明るい楽しいことをも思い出させてやろうという気持になったらしかった。が、母はそのてには乗らないといったように、

「さあ、そんなことがあったかね」

と、こちらへ顔を向けた。こちらへ向けた母の顔には、一瞬前の一生懸命に物を考えながら記憶を引張り出していた表情の緊張は失くなっていた。

「金沢の衛戍《えいじゅ》病院の庭で園遊会があったでしょう」

弟はまた訊いた、が、母の表情は動かなかった。

「ほら、軍医さんの家族がみんな集まってとても賑やかだった」

「そうだったかね」

「おばあちゃんが福引で二等を当てた」

「いいえ、わたしはそんなことは知りませんよ」

母ははっきりと首を横に振った。本当に覚えていないらしかった。

「それじゃ、このこと覚えている？」

弟は次第に躍起《やっき》になって行った。母親が楽しかったに違いない遠い日のことをあれこれ考えては、それを口に出していた。それらを母は殆《ほとん》ど覚えていなかった。たまには覚えているものもあったが、甚だ漠然とした記憶の映像しか持たない風であった。

母はやがて、弟の質問にはいちいち答えるのが面倒臭くもあり、その殆どを覚えていないことが気恥ずかしくもある様子で、どれ、そろそろ寝《やす》ませて貰いましょうかと言って、体を寝台の上に横たえた。

それを機に、私と弟とは母の部屋を出た。弟が自分たちも庭へ出てみようかと言ったので、私も同意した。ホテルの建物から広い庭の一角へ出ると、宿泊人らしい人影が、小さい幾つかの固まりとなってあちこちにちらばっていた。若い男女の二人連れも多かった。私たちの家族も、どこかに居るに違いなかったが、それを見付けることは難しかった。芝生には照明が当てられてあって、人間の姿は小さく硬《こわ》ばって見えた。

夜気は暑くも寒くもなく、頰を撫《な》でる微風には潮の香があった。私と弟は照明の中にはいって、右手のかなり遠いところにある桜樹の並木の方へと、広い芝生をつっきって歩いて行った。弟は歩きながら、多少昂奮している口調で、母はいま父との生活で楽しかったことはみな忘れ、辛かったことばかりを覚えている。老人というものには誰にもこうしたところがあるらしいね、といま自分が見て来た母について、自分の感じたことを話した。弟は母の部屋を出てから、ずっとそのことばかりを考えていたようであった。

「古いお寺の柱などを見ると、材質の柔かい部分は長い年月の間に擦れてへこんでしまい、堅い木目《もくめ》の部分だけが残っている。あれと同じだな。楽しかった思い出は消えてしまい、辛かった思い出だけが残ってしまう」

なるほど、そういう見方もできるかも知れないと、私は思った。母が、母としては珍しい頭の冴え方で、深い記憶の淵から引っ張り出したものは、雪の降る中を父を迎えに行った苦労だったり、弁当を作る苦労だったり、靴を磨く苦労だったりした。母は自分がもう墓参をしなくてもいいという理由に、そういう苦労の記憶を引張り出して並べてみせたのである。

私は、しかし、多少弟とは違った考えを持っていた。私もまた、母の部屋を出てからずっと弟と同じように自分が今夜見た母について考えていた。

母は楽しかった思い出をみんな失くしてしまった。それと同じように辛かった思い出も失くしたのである。父に愛されたことも失くし、父を愛したことも失くした。父に邪慳《じゃけん》にされたことも失くし、父に冷たくしたことも失くしたのである。その意味では父と母との貸借関係は至極さっぱりときれいになっているのだ。母が今夜思い出した父を迎えに行ったこと、靴を磨いたこと、弁当を作ったこと、そうしたことは恐らく苦労とは呼べないものではないのか。実際にそうしたことをしていた若い時代には、母もそれを苦労とは思っていなかったに違いない。苦労ではないが、しかし、老いた母の年齢になってみると、長い間に塵《ちり》が降り積もるように、それらのこともある重さで母の肩に積もっているのであろう。生きるということに於て、日々人間の肩の上に降るともなく降りかかる塵、そうしたものの重みをいま母は感じているのではないか。

私は自分のこうした考えを弟に披露することを先にのばした。私たちはいつか目指した桜樹の下に立っていた。満開の小さい花の無数の固まりは、私たちの頭の上に傘のように覆《おお》いかぶさっていた。強い照明はここまでは届いていなかった。近くに戸外灯が一つあるだけで、淡い闇《やみ》が花を押し包んでおり、その闇の中では花は少し紫がかって見えていた。この時、私にいまの私の考えを追いかけるように、もう一つの考えがやって来た。塵というものはもしかしたら女の肩だけに積もるものかも知れない、長い夫婦生活に於て、愛憎とは無関係に、夫が妻だけに与えるものかも知れない。日々、恨みでない恨みが妻というものの肩に積もって行く。そうなると、夫は加害者で妻は被害者ということになる。

弟に促《うなが》されて、私は自分の思念を向うへやって、ホテルの部屋へ帰るために桜花の下を離れた。遠くに見えるホテルの大きな建物のすべての部屋には煌々《こうこう》と電灯が灯っていた。その明るい部屋の一つには母が居る筈であった。母は、私たちが部屋を出る時は寝台に身を横たえていたが、恐らくいまは、寝台の上にきちんと坐っているのではないかと思われた。老いた母の心の内部がいかなる構造を持っているか、所詮は判らないことであったが、母がいま寝台の上に坐っているに違いないということは、弟はそれについては何も言わなかったが、子供の私たちだけに判る確かなことのようであった。

月の光

一

母が八十歳になった時、母のことを書き記しておこうと思って、「花の下」という題で、小説とも随筆ともつかぬ形で母の老いた姿について綴《つづ》ったことがあるが、それからいつか五年経っている。母は今年八十五歳になる。父の方は八十歳で亡くなっているので、父も高齢の他界ではあるが、母はその父より既《すで》に五歳の長寿を保っているわけで、父の死は三十四年のことであるから、今日まで十年間母は寡婦《かふ》として生きていることになる。

「花の下」の八十歳の母より現在の八十五歳の母の方が年老いている筈であるが、母の場合は必ずしもそうとは言えない。確かに身体全体から受ける印象は幾《いく》らか小さくなっているかも知れないが、眼がより悪くなっているわけでも、耳がより遠くなっているわけでも、体力の衰《おとろ》えが感じられるわけでもない。顔の皮膚などは艶々《つやつや》して一時より若返った感じで、笑顔なども凡《およ》そ老いの醜さとは遠く、邪気といったもののみじんもない明るさである。相変らず日に何回となく近所の親戚の家に小走りに駈《か》けて行くところなどは、どう見ても年齢を加えることを忘れてしまった恰好《かっこう》である。肩の凝《こ》りも訴えないし、風邪もめったにひかない。奥歯はずっと前から一、二本欠けていたが、それとは別に、上の前歯が二本義歯に替ったぐらいのことが強いて取りあげれば取りあげられるこの数年間の変化であろうか。まあ、総入歯の苦労などは母は一生知らないで済んでしまうものと思われる。

歯ばかりでなく、いまも眼鏡なしで新聞を取りあげて小さい活字の見出しなどをひとり言のように声を出して読んでいるところなどは、私を頭とする四人の子供たちの到底及ぶところではない。おばあちゃんは丈夫ねとか、頑丈《がんじょう》だなとかいうのが、四人の兄妹が母親のことを話す時にまっさきに多少の歎息《たんそく》を混じえて誰かの口から出て来る言葉である。

「四十肩、五十肩などというものは、おばあちゃんにもあったかしら」

少し早いが、そろそろそうした経験を持ち始めている末娘の桑子《くわこ》が言うことがあるが、誰にもすぐには返事はできない。やはり四十代の終り頃にはいくらおふくろだってそんなことがあったのではないかと一人が言えば、そういうことがあれば人並みなのだがと他の一人が憮然とした面持《おももち》で言う。母のそうした姿を眼にすれば眼にすることのできる時期を、つまり父が陸軍を退官して郷里の伊豆に引込んだ昭和初めの両親の老いに向う時期を、子供たちは両親とは離れてそれぞれ都会で生活しており、そのことに対して明確に答えることのできるのは父親であったが、その父親は他界していた。子供たちは自分を生んでくれた母親の、老いに足を踏み入れる、現在の自分たちが既に直面し、あるいは直面しようとしている時期については、お互いに無知であると言うほかはなく、結局子供というものも余り親のことについては知らないものだというのが、いつもそうした場合に落着く結論であった。

母はもともと小柄ではあったが、父が亡くなる頃から身体はすっかり肉が落ちて小さくなってしまい、この頃は肩も胸もこれが人間の身体かと疑われるほどの薄さで、抱きあげたら骨の重さしかないのではないかと思われるくらいである。その立居振舞《たちいふるまい》を横から見ている印象には枯葉の軽さとでも言いたいものがあった。この数年間に幾らか小さくなったかも知れないと書いたのは、同じ枯葉の軽さではあるが、それに軽量感とは別に、はかなさとでも言う以外仕方ないようなものが加わり、もうこれ以上どこへも行きようのない肉体というものの到達点が感じられるからである。

二年程前に私は母の夢を見たことがあった。場所はどこか判らないが、郷里の家の前の街道に似たところで、誰か、早く来て救《たす》けておくれ、そんな叫び声をあげながら、母は二本の手を振り回して、風に攫《さら》われて行こうとするのに必死に抵抗していた。そんな夢を見てから、私は実際に母の起居動作が妙にふわふわしていて、強い風に吹かれでもするとどこかに持って行かれてしまいそうな危なっかしさのあることに気付いた。それ以来、私はかろがろとした母の姿態の中にはかなさとでもいったようなものを感ずるようになっているのであるが、私がうっかりそんなことを口にした時、

「そんなはかなさだけのおばあちゃんなら、どんなにいいでしょうに」

と、私のすぐ下の妹の志賀子《しがこ》は言った。

「まあ、一週間、いいえ、三日でもいいわ、三日間おばあちゃんと一緒に暮してごらんなさい、はかなさなんて感じる余裕はなくなってしまうから。一体、どうしたらいいかと真剣に考えるわ。途方にくれて、悲しくなって、おばあちゃんと一緒に死にたくなっちゃう」

妹にこう言われると、私も他の弟妹も、さぞかし、そうであろうと言うほかはなく、ついうっかり口を滑らせて無責任な第三者的見解を披露したことが悔やまれ、これ以上妹の気持を刺戟《しげき》しないように他に話題を転ずるしか仕方ない。母は現在郷里の

伊豆の家で、町役場に勤めている志賀子夫婦の厄介《やっかい》になっており、志賀子が四人兄妹を代表して、ひとりで母の老後の面倒を引き受けている恰好であった。自分を生んでくれた母親であるから娘の自分がその面倒をみるのは当然なことであるが、それにしても四人兄妹の中で自分一人が母の老いにつき合わねばならぬという現在の立場には、妹としてはいかにも割の悪い籤《くじ》を引き当てたといった思いがあるに違いなかった。

しかし、こうした志賀子の立場は数年前までは末妹の桑子の立場だったのである。この数年間に生活の形の上で取りあげられるただ一つの変化と言えば、母が身柄を東京の桑子の許から、郷里伊豆の志賀子の許に移したということである。妹娘の手から姉娘の手に、東京から伊豆へと、母は生活の場所を変えている。

父が亡くなった時、母は郷里の家に一人残された。子供たちとしては年老いた母を一人で郷里に住まわせておくわけには行かず、すったもんだの挙句《あげく》に、事情があって婚家先を出て美容院を開いて自活して行こうとしている桑子が、母を引きとって一緒に住む役を引き受けることになった経緯については、「花の下」において綴った通りである。母も、まあ自分が生んだ娘の世話になるならということで、不承不承ではあったが、上京することを納得したのであった。本来なら当然母を引きとるべき長男の私の家や弟の家を、母は終始神経質に警戒していた。娘たちの世話にはなっても、他人のはいっている息子たちの家の世話などにはなるまいといった気持があった。これまで気兼ねして暮したことなど一日もないのに、この年齢になって息子たちの家で箸《はし》のあげおろしにまで気を使うような生活をするのはごめんだと、そんなことを言い言いした。こういう時の母は誰の目にも意地悪く、依怙地《いこじ》に見えた。

結局母は四年ほど桑子と一緒に暮した。母の老いが特に目立って来たのは東京へ来て二、三年経った七十八、九歳の頃からであった。老耄《ろうもう》の徴候は父の他界前後から既にあり、あとになって考えてみると、いろいろと思い当るふしがないでもないが、その反面気性の烈《はげ》しいところも目立って来ていたので、誰も母の頭脳の一部に損傷箇所があるとは気付かなかったのである。

最初に私たちがこれは鬱陶《うっとう》しいことになったと思ったのは、母がいま口に出したことを忘れ、何回でも同じことを繰り返すことは、まあ、いいとして、その事実を絶対に母自身に納得させることができぬと知った時である。

「ほら、おばあちゃん、それはもう何回も言ったでしょう」

誰かが注意してもそれは無駄であった。母はいつもそんな筈はないと思い込んでいたし、よほど素直な時でも半信半疑の面持を見せるぐらいがせいぜいのところであった。しかも、こちらの言うことを瞬間瞬間には受けとっても、それはただその瞬間だけのことですぐ忘れてしまうので、こちらとしては一瞬母の頭を掠《かす》め、決してその心に何の痕跡をも残すことのない言葉を徒《いたず》らに発射しているようなものであった。母は何回でも同じ言葉を口から出す。それは丁度毀《こわ》れたレコードの盤が何回でも同じ言葉を繰り返しながら回転しているのに似ていた。その頃、私たちは母が何回も同じことを繰り返すことを、母のそのことへの執心によるものと解釈していたが、その後私たちは考え方を改めていた。何か特殊な形で母の心を刺戟したものだけがレコードの盤面に記録され、記録されたとなると、あとは機械的にそれはある期間執拗《しつよう》に何回でも回転し続けているのである。ただ母の頭の中のレコード盤に、いかなることがいかなる理由に依《よ》って刻まれるか、その間の事情は誰にも判らなかった。時には断続的にではあるが、それは何日にもわたって何十回でも回転することがあるし、これまたいかなる理由に依るか判らないが、母はその毎日のように繰り返していた言葉をふいに口から出さなくなった。毀れたレコードの盤面から、それまでそこに刻みつけられてあったものが突然消えてしまったと思うしか仕方がない。一、二時間で消えることもあれば、十日も二十日も消えないこともあった。

このように母が繰り返して口に出す事柄には、明らかに何かの刺戟で新しく頭のレコード盤に刻まれるに到ったものと、何年も何十年も前の遠い過去において刻まれた古いものとがあった。若い頃の思い出などは、沢山ある思い出の中のある特定なものだけが、——なぜ特定であるかは誰にも判らないことであるが、ともかく特定な極《ご》く僅《わず》かなものだけが、もう決して消えることのない刻み込まれ方で刻まれてあるらしく、この方はそう性急ではなく、いかにも自分の出番を待って出て来るといった感じで、さして不自然でない時に顔を出した。そういう場合母はいつでも若い頃の思い出を、いまふと自分はそれを思い出したのだといった風に、遠いところを見る眼をし、薄らいだ記憶の中から一つ一つ手繰《たぐ》り寄せてでも来るような話し方をした。そうしたところにはある実感があった。母は自分でもいま初めてそのことを思い出したと思い込んでいるに違いなかった。既に何回も何回も同じ話を聞かされている者はうんざりしたが、初めて母のその話を耳にする者は少しも奇異な感じは受けなかった。ただ何分かすると、また同じことが、さも新しいことのように繰り返されるので、その時になって初めて母の異常さに気付くだけのことであった。

しかし、客などと応接している母は短い時間なら自分の異常さをいささかも相手に感じさせることはなかった。瞬間瞬間の応対はちゃんとしており、別に調子の外れたことを口走るわけでもなく、若い頃の社交上手な性格はそんなところにも顔を出していて、しんみりした表情で相手の言葉に相鎚《あいづち》を打ったり、相手の心にある親近感をわき起させるような独特な話し方をしたりした。ただ暫《しばら》く母と話をしていると、誰でも母の老耄に気付かないわけには行かなかった。母の言葉も、客の言葉も、そこでは瞬間瞬間の生命しか持っていなかった。母は一瞬後には自分の言葉も相手の言葉も忘れていた。

こうして半ば毀れかかった母と朝晩顔をつき合わせて暮している桑子が悲鳴をあげずには居られなかったのは当然のことである。桑子は私の家に来るたびに、

「同じことさえ繰り返さなかったらほんとにいいおばあちゃんだけど」

そんなことを言った。

「返事をするとなると、同じ返事ばかりしていなければならないし、返事をしないでいると、あれで、おばあちゃん、憤《おこ》るの。ばかにされていると思うのね。そういう時は憎ったらしいったらないの。毀れているところと毀れていないところがちゃんぽんでしょう。よくまあ、そんなことが言えたと思うような憎まれ口をきくの」

そしてたまには一日でいいから母親の相手をしないで過してみたいというようなことを桑子は訴えた。確かにその通りであろうと思われた。

そうした桑子に息抜きをさせるために、時折母は私の家に送られて来た。何か尤《もっと》もらしい理由をつけなければ母は私の家に来ることを承知しなかったので、そのたびに弟が母の説得役を引き受けた。母はいったんその気になってしまうと、案外さばさばしたところがあり、来る時は一週間でも十日でも滞在するつもりで衣類をつめた鞄などを持って自動車で送られて来たが、いざ来てみると、すぐ帰りたくなるのがいつものことだった。馴れない部屋に寝るのも落着かず、桑子のことも心配になるらしく、一泊するともうそわそわし出した。それでも多少の遠慮はあるものとみえ、いつも二泊か三泊はしたが、傍で見ていても気の毒なくらい心は桑子の家の方に走っていた。母は私の家に居る間は庭に出て草むしりをしたり、部屋の掃除をしたり、時には客に茶を運んだりした。片時もじっとしていられない性分で、動いていないと気がすまなかった。どこに居ても、玄関のブザーや電話のベルが鳴ると、すぐ出て行こうとしてみなに留められた。時に電話の受話器が母の手に握られることがあって、そんな時聞いていると、愛想のいい受け答えをしていかにも判ったような返事をしているが、受話器を置くと、既に通話の内容を忘れてしまっている自分に気付き、何とも言えぬばつの悪そうな顔をした。頭が休まっている午前中は比較的用件を覚えていたが、午後の電話になると殆《ほとん》ど要領を得なかった。

母が来ている時は、夜になると孫たちは自分たちの祖母を取り巻いた。母は私や妻には気兼ねがあったが、孫たちに取り巻かれるのは悦《よろこ》んだ。傍から見ていると、祖母と孫たちは結構楽しそうな団欒《だんらん》を作っていた。そうした席で、大学、高校、中学の孫たちに向って、母はいつも同じ一つの話を披露していた。俊馬《しゅんま》、武則《たけのり》という親戚の秀才兄弟の話であった。二人共それぞれ十七歳で一高にはいったが、惜しくも胸か何かの疾患で夭折《ようせつ》してしまった。どちらもいい性質であったが、優しいという点では俊馬の方が上であった。そういった話であった。

俊馬と武則のことを刻んである母の頭の中の古いレコードは、母が私の家に来て、子供たちに取り巻かれた時だけ回転した。そうとしか思われなかった。母はそんな話を桑子の前でも、私の前でもしたことはなかった。母は孫たちに毎晩のように、しかもひと晩に何回も俊馬と武則の話をした。いつも母は初めて孫たちに話して聞かせるつもりになっていたが、孫たちは自分の方から先廻りして話してしまい、時には俊馬と武則とを入れ替えたりして母をからかった。私は子供たちに彼等の祖母をからかうことを禁じたが、しかし、母はそんな時孫たちの話を訂正したり、孫たちと言い争ったりしていることに、自分自身結構楽しんでいるようなところがあって、やはり相手を子供だと思うのか腹をたてることはなかった。孫たちは俊馬を祖母の若い日の許婚《いいな》者に見立て、いつか実際にそうであると信じてしまっていたが、この想定はある程度正しいのではないかと私には思われた。兄の方はその墓石に依ると私の家の姓を名乗っており、許婚者でないまでも、母は俊馬と結婚するように周囲から思いこまされて育っていたかも知れないし、そして更に想像を逞《たくま》しゅうするなら、俊馬の亡くなったあと、武則が兄の位置を襲ったかもしれないのである。が、その武則も夭折してしまったので、そのあとに私たちの父が養子として迎えられたという考え方もさして不自然でなく成り立つようである。そういう想定の上に立ってみると、母の毀れたレコード盤は母を確かにそのような立場の女性に見せていた。繰り返し繰り返し何回も秀才少年のことばかり話していれば、それを話している母の面は周囲の者には多少異ったものとして見えた。

母は父のことは殆ど口に出さなかった。父が亡くなって間もない頃は普通の寡婦なみに父のことを頻繁に取りあげてもおり、そうしなければならぬ用件もあったが、頭が毀れ始めた頃からぷっつりと父のことは話さなくなった。こういう点からみると、母は父のことを刻みつけたレコード盤を失ってしまったか、あるいはもともとそうしたレコード盤を用意してなかったと思うしか仕方なかった。

以上述べて来たことのほかに、もう一つ、東京の桑子の許《もと》に居る間の母について、私たちが気付いたことは、母がどうやら自分が歩んで来た長い人生を、七十代、六十代、五十代というように、歩んで来た方向とは逆に消し始めていることであった。母は七十代のことも、六十代のことも、五十代のことも話さなかった。絶対に話さないというのではなく、頭の休まっている午前中は母も比較的近い時期のことを思いだしたり、それを話題にのせたりすることがあったが、午後になると絶対にと言っていいくらいそういう時期のことは母の頭には浮かんで来なかった。私たちがそうした時期のことを取りあげて話題にすると、

「そんなことがあったかしら」

と、母は首をかしげた。初めはそら恍《とぼ》けているのではないかと思われたが、そうではなかった。そうしたことは母の脳裡《のうり》から跡形もなく消えているか、あるいは消えようとしていた。母は己が歩んで来た人生を、歩んで来た方向とは逆に生まれた方に向って順々に消し始めているのであった。完全に消えた部分もあれば、消えかかっている部分もあり、多少まだ残っている部分もあった。

こういう見方をすれば、母が父のことを話さなくなったことも、若い頃のことばかりが彼女の口から多く飛び出すことも、強《あなが》ち説明できぬことではなかった。私が「花の下」で綴ったのはこのような時期の母の姿であった。母は八十歳の夏に

東京の生活を引きあげて郷里へ帰った。東京の空気の汚れが新聞に書きたてられ始めた頃で、桑子の家の近くにも急に自動車の流れが多くなり、どう見ても東京は老いた母を置くところではなくなっていた。そういう時期に、それまで三島に住んでいた志賀子夫婦が郷里の村に職を得て、郷里の家に住むことになったので、極めて自然に母はそこに託されることになったのである。桑子の方は何年間かの母の世話で疲れて、母から解放されたくなっていたし、志賀子の方は反対に娘として母の晩年を自分が看《み》ることも悪くないと考えていた。母にしてみれば東京などに住むより知人も多い郷里の生活の方がいいに決まっていた。

予定していた東京を離れる日は烈《はげ》しい雨になった。母は前夜から私の家に来ており、私の家から発つことになっていた。周囲の者は一日延ばしてはと言ったが、母は諾《き》かなかった。そのくせ今まで住んでいた桑子の家のことが心配になるらしく、戸締りをしたかどうかということを、自動車に乗りこむまで何回も繰り返し、桑子に叱られた。叱られるたびに母は娘のようにはにかんだ。いつものように腹をたてないところは郷里へ戻る悦びのためであると思われた。

二

東京時代の末期には母は時折風邪をひいたり眩暈《めまい》に襲われたりして一日か二日臥床《がしよう》することがあり、やはり年齢は争えないものだという気持を周囲の者に持たせていたが、郷里に移ってからの母は全くそういうことはなかった。見違えるほど血色もよくなり、毎日のように一刻の休みもないと言っていいくらいこまめに身体を動かしていた。冠婚葬祭にも母は顔を出したがり、その度に周囲の者を困らせた。八十歳を超えた老婆が人前に出るものではないと言いきかせても納得しなかった。時折組内の回覧板が回って来ると、母はそれを持って近所の家に駆けて行った。ゆっくり歩いて行くことはなかった。自分はいま一つの用件を持っているのだという思いが母にそのような態度をとらせるに違いなかったが、そればかりでなく、恐らく母はゆっくり歩いているより小走りに駈けている方が、健康のリズムに合っていて快適でもあるに違いなかった。母に回覧板を持って行かれると、家の者はあとからその記載事項を知るために、母が届けた家に出掛けて行かねばならなかった。二度手間であった。

母は健康であり疲れというものを知らなかった。少くとも周囲の者にはそう見えた。家の者が居間に集まってお茶を飲んでいる時など、母もおつきあいで小さい身体をその傍に侍《はべ》らせていたが、いつも視線は庭の方に向けられていた。そして犬が庭にはいって来たと言っては立とうとし、庭木の葉が落ちたと言っては立ちあがろうとした。じっとしてはいられなかった。母は日に何回も庭箒《にわぼうき》と塵《ちり》とりを持って庭に出て行き、ただ一枚の葉が庭に散っていることも許さなかった。冬の寒い日などは周囲の者は庭に出すまいとしたが、一日中監視しているわけには行かず、母は隙を窺《うかが》うようにして何回でも庭に出て行った。霜柱ですっかり苔《こけ》の浮きあがっている庭の一隅に立って塵芥《じんかい》を探している母の小さい姿はいかにも寒そうに見えたが、結局はそういうことで鍛練《たんれん》ができるのか、母は風邪ひとつひかなかった。

郷里に移って一年ほどは、多少記憶の方も回復したのではないかと思われたが、二年目あたりから東京時代の状態に戻り、それから極く少しずつ悪くなって行った。母は前より頻繁に同じことを繰り返すようになった。私などが帰省すると、まっさきに訊くことはいつも決まっていて、汽車が混んでいたかということであった。その質問は何回となく繰り返され、そこから思いを他に転ずることのできぬのが、見ていてもどかしくもあり痛々しくもあった。母にとっては車中で難渋したかどうかということが、私の帰省についての一番の関心事であり、それが毀れたレコード盤に刻まれてしまった以上、それをひとしきり繰り返さなければならないのである。帰省した私が東京へ帰る場合も同じだった。母は私が帰るということを知ると、それに関する何事かをレコード盤に刻みつけ、私が実際に家の門を立ち出るまで何回でも繰り返した。そんなわけで家の者たちはなるべく何事も母には知らせないようにしていた。従って、何事も母には突然起きたとしか思われぬに違いなかった。私の帰省も、私の帰京も、多くの場合母には突然の出来事であった。

こうした母につき合っている志賀子は、曾《かっ》て東京で桑子が口に出したと同じことを、兄妹が訪ねて行くたびに訴えた。志賀子は母を預かって二年ほどすると、誰の眼にも疲れて見え、痩せが目立った。更年期の健康障害とも言えたが、母の世話がその主な原因になっていることは明らかであった。母は一日中志賀子につき纏《まと》っていた。志賀子が台所に立てば母も立ち、志賀子が玄関で客と応対していると、母もそこに出た。子供が母親につき纏っているのと同じであった。母が傍にいる間志賀子は神経を休ませることはできなかった。と言って、母の姿が見えなければ見えないで、志賀子はまた母の姿を探し回らなければならなかった。志賀子は家の中を探して母の姿が見出せないと、背戸《せど》へ出て行ったり、玄関の方へ向って行ったりした。田舎のこととて敷地は七百坪ほどあって、庭の広いことが志賀子の愚痴《ぐち》の種であった。

家の手伝いには東京時代にずっと母の世話をしていた郷里出の娘の貞代《さだよ》のほかに、先年寡婦になった本家の方の叔母も来ており、人手が足りないというわけでもなかったが、家全体に何となく落着きがなく、誰も郷里の家にいるとほっとする時がなかった。

「おばあちゃん、それ判りました。もう何回も伺《うかが》いました」

志賀子の場合はともかく、手伝いの娘やおばさんがこんなことを言おうものなら母は腹を立てた。腹を立ててもすぐ忘れてしまうが、その時は真剣に腹を立てた。自分が生んだ子供たちの場合はさして感じないらしかったが、他人の場合は容赦しなかった。あんたほど邪慳《じゃけん》な人はないとか、あんたは怖ろしい人だとか、極端なことを相手構わず言って、身内の者をはらはらさせた。そういう時は老耄とは異ったところが出て、幼い時からわがままを通しづめに通して育った家つき娘の老いた顔であった。私などの記憶にある若い日の気性の烈しい母の顔が、少し形を変えてそこには出ていた。憤ったり昂奮したりしていない限りに於《おい》ては、母は同じことを繰り返している時の顔が一番穏やかで、みなが笑うと、自分が笑われたことも気付かないで一緒になって笑うところなどは、たわいがなく全くの年端もゆかぬ娘の表情と言ってよかった。帰省すると、私はいつも母親の二つの顔を眼にした。

郷里に帰って二、三年の間に、母は七十代も、六十代も、五十代も、四十代も消していた。これは東京時代より幾らかはっきりした形で現われており、次第に失って行く過去は多くなっているように思われた。自分の老年期や中年期については、自分から思い出すこともなければ話すこともなかった。こちらで何とかしてある時期の記憶を取り戻させようと思って、母にいろいろと誘いの水を向けてみたりするが、大抵の場合は無駄であった。

「そう、そう、そんなことがあったかも知れないね」

母は多少思い出してでもいるような言い方をしたが、実際は何も思い出しているわけではなかった。

「困るね、おばあちゃん」

誰かが言うと、

「ほんとに困るね、ぼけるということは」

時には笑いながら言って、母は周囲の者をはっとさせることがある。自分でぼけているということを口にしたからと言って、ぼけていることを自認しているわけでも自覚しているわけでもなかった。いい加減な質問を出して自分を困らせている周囲の者に対して、あんたたちは私がこう言えば満足するんでしょう、それならお安いご用だ、幾らでも言ってあげますよ、といったところがあった。それとない反抗がいかにも素直そうなその言葉の中に感じられた。

母は軍医であった父と共に東京でも、金沢でも、弘前でも、台北でも、それぞれ何年かずつの生活を持っていたが、いまはその総《すべ》てを殆ど失っていると言ってよかった。自分で思い出すことがないのであるから、それらの時代が母の過去から抹殺されていると言うほかはなかった。しかし、ごくたまに、私たちが母が失っている時期のある出来事などを話していると、傍でそれを聞いていたらしい母が、思いがけず、

「そうね、そう言えばそんなことがあったね。いやだよ、あそこに居たのは私だったかね、まさか。——それにしても、あれはいつのことだったかね」

そんな風に口出しすることがあった。そんな時の母の表情には周囲の誰にもそれと見てとれる無心の驚きがあった。ふいに足許の崖《がけ》でも覗きこんで思わずあと退《ず》さりでもするように、母は瞬間自分だけの思いにはいり、神妙な顔をして、顔を少し傾けて、何かじっと考えている様子をした。が、それもごく短い時間のことで、母はすぐ

そうした表情を解いた。思い出すのが面倒になったか、到底思い出せそうもないと諦《あきら》めたか、そのいずれかであった。

このように母は七十代から四十代ぐらいにかけての過去を失っていたが、その失われた部分は一面に真暗い闇に塗り込められているといったようなものではなく、霧《きり》が立ちこめているようなものであろうと思われた。濃い霧の部分もあれば淡い霧の部分もあり、それから霧の間からはっきりとそれとは判らぬ実体の一部がぼんやりと顔を覗かせているところもある。東京時代の母と郷里に来てからの母の違いは、恐らくそこに立ちこめている霧の深さであろうと思われた。母の過去を埋めようとしている霧は次第に深くなり、次第にその幅を拡げようとしているのである。

私たち兄妹は、母のこうした自分の歩んだ人生の抹殺の仕方を、母が次第に子供の方へ向って歩んで行くという風に解釈していた。人間年齢をとると次第に子供に返って行くと言われるが、私たちの眼には母はまさにそのようなものに見えた。母は七十八、九歳の頃から自分が歩いて来た人生を、少しずつ消しながら逆に歩み始めたのである。母は年々少しずつ若くなりつつあるのではないかと私たちには思われた。

こういう子供に返るという見方を最初に披露したのは私の妻であった。母がまだ東京に居る頃のことである。妻の母は八十四歳の高齢で他界したが、私の母とは異って最後まで怖いくらい頭は確《しっか》りしていた。それでも物故する半年前から急に記憶を失い出し、記憶を失い出すと同時に急速に子供に返って行った。周囲の者がそれに気付いた時は、妻の母は自分が幼時育てられた姉の名を、一種独特の甘えた呼び方で呼んでいた。そして亡くなる二、三日前は、口をまるめて乳を吸うまねをし、指を口に入れてしゃぶっていたという。

「結局同じことなのね。私の母はあっという間に赤ちゃんまで返ってしまったんだけど、こちらのおばあちゃんはテンポがゆっくりなのね。赤ちゃんまでになるのには、まだ二十年ぐらいかかるんじゃないかしら」

妻は言った。初めは妻の話を半信半疑で聞いていたが、母が郷里に帰ってから、極《ご》く自然に私も、弟も、二人の妹も、それぞれそうした話を自分の周辺で蒐《しゅう》集《しゅう》していた。私たちは母のお蔭で老人については、相手が誰であれ関心を持たずには居られなかったのである。

私たち兄妹はある時郷里の家で自分たちが聞いた話をそれぞれ披露し合ったことがあった。

弟は沼津在の農村で、八十八歳の老婆が亡くなる二、三年前から手鞠《てまり》をついたり、お手玉をとりたがったりした話をし、いまにうちのおばあちゃんもおはじきでもやるようになるんじゃないかと言った。桑子は桑子で、美容院の客から聞いた話をした。やはり八十何歳かの老婆であるが、物故する二、三年前から、食事時になると待ちきれないで、両手を眼にあててしゃくりあげて泣いたというような話であった。そうした種類の話はたくさんあった。多くは老婆の話であったが、男の老人の話がないわけではなかった。これは私自身がある雑誌社に勤めている知人から聞いた話であったが、知人の父親は九十歳まで生きたが、亡くなる年にはすっかり子供になってしまい、ある日突然風呂敷に着物を包んで、家を出て行こうとした。これを見つけた家の者たちがどこへ行くのかと問い質《ただ》してみると、家に帰ると言ったという。この老人は養子であったので、隣村の自分の生家に帰ろうとしたわけである。この話には何となく人の一生というものを考え直させられるような冷んやりしたものがあった。

「みんな、あっという間に子供になってしまっているのね。でも、うちのおばあちゃんの場合は十歳ぐらいかと思う時もあれば、三十歳ぐらいの時もあるわ。例の俊馬さんの話をする時などは十歳ぐらいかと思うけど、でも、大体三十歳ぐらいじゃないかしら。そのくらいのことはよく話すわ」

志賀子が言うと、

「東京時代も三十ぐらいの時の事が一番多かったようね。いまも同じだとすると三十ぐらいで停まっているのかしら。たいへんね。赤ちゃんになるまで」

桑子は言った。それからせめて二十歳ぐらいのところまで降《くだ》って、そこで停まっていてくれたらとか、十五、六歳ぐらいだったらいまのようなことはないでしょうにとか、子供たちは勝手なことを言い合った。

その時志賀子の夫の明夫《あきお》が言った。毎日のように同じ家で姑《しゅうとめ》と暮している彼だけの見方があった。

「おばあちゃんが何歳で停まっているか知らないが、年齢からは割り出せない変り方もしているように思うな。確かにこの一年間に変って来ていますよ。おばあちゃんはおそろしくこの世の中のことに無関心になっている。誰が誰だか判らなくなっていると言えばそれまでだが、この家に来る訪問者の誰にも何の関心も示さなくなっている。以前にはこんなことはなかった。ただ若い娘に会うと、相手が誰であれ、必ずお嫁に行ったかと訊く、嫁に行っている相手には子供ができたかと訊く。結婚と出産だけしか、女には関心を持っていない。あとは例の香奠《こうでん》だけ。死ですよ。人が死んだと聞くと、すぐ香奠帳を探しに行く。人が死んでも悲しそうな顔をするでもなく、ただ香奠」

明夫は言った。そう言われてみると、確かにその通りであった。人が死んで香奠を返すことに異常な執心を見せ始めたのは東京時代の末期からであったが、それが最近はもっと烈しく、しかももっと事務的になっていて、どこのだれそれの病気が重いと聞くと、もう死ぬものと決めてかかり、香奠帳を引っ張り出し、返さなければならぬ金額を知ろうとしている。いくら香奠帳を開いてもすぐ忘れてしまうので何回でも確かめなければならぬし、また金額を確かめても、昔と現在ではすっかり金の価値が変っていて、自分ではそれを換算できないのだから、母の場合、香奠帳を開くことにさして意味はないのであるが、母はそうしなければ気がすまないのである。

「香奠を貰い、貰った額を返すということは、確かに人間の貸借関係の中では最も基本的なものかもしれないと思いますよ。何となく不気味ではあるが、みごとな気もする。確かに人間は生まれて、結婚し、子供を生んで死ぬ、人生はせんじつめればこれだけのものかもしれない。これは三十歳とも無関係だし、子供に返って行くこととも無関係だ。何でしょうね、いったい、これは」

明夫に言われると、私たちも返事に詰まった。子供たちが母を見ている見方には多少甘いところがあるのを免れないが、娘聟《むすめむこ》である明夫の姑に対する見方は、見るべきものをちゃんと見ている感じだった。一人の耄碌《もうろく》した老婆のやることを正確に見ていた。私は明夫の言葉で母の老耄をもう一度改めて考え直さなければならぬような気持にさせられた。明夫は、何でしょうね、いったい、これは、と言ったが、確かに何であろうかと思う。母の頭を毀れたレコード盤が回っているだけの場所のように考えていたが、そのほかに何か小さな扇風機のようなものでも回っていて、それが母にこの人生から不必要な夾雑物《きょうざつぶつ》を次々に払い落させているのかもしれないのである。こんな風に考えて改めて母を見ると、多少母の顔は変って見えた。――私は自分にとって大切なことは、これでもか、これでもかと何回でも喋《しゃべ》っています。何回繰り返したっていいでしょう。お前たちは私がものを忘れる忘れると言うが、そりゃあ、つまらぬものはみんな忘れもしましょうよ。覚えておかなければならぬような何がありますか。台北へ行ったり、金沢へ行ったり、弘前へ行ったりしたけれど、あんまり面白くはなかった。みんな忘れますよ。あんた方のお父さんのことも忘れちゃった。そりゃ、夫婦だったから、きっと楽しいこともあったでしょうよ。でも、悦びも悲しみも、どうせ現世のうたかたのようなものでしょう。忘れてしまって惜しいようなものはない。ひとのことを、忘れた、忘れたと、鬼の首でもとったように騒ぎたてるものではない。男のことは知らないが、女には嫁入りとお産は一番大きい事件ですよ。だから女の人にはそのことばかり訊いてあげているの、他に格別訊くこともないでしょう。香奠は返しますさ。こっちの家の不幸の時貰ったお金ですもの、向うに不幸があれば返さなければなりません。向うが死んだり、こっちが死んだり、そのたびに香奠をやったり、とったり、長い時間が経ってみれば損も得もなく結局は同じようなものだけど、そういうことをやるのがこの世の中というものでしょう。わたしも死んでから、あの世で香奠を返さなかったと言われるのは嫌ですからね。

明夫の指摘は私に母についていろいろのことを考えさせたが、志賀子は志賀子で夫とは別に母の香奠については特殊な見方をしていた。

「おばあちゃんが香奠、香奠と騒ぐでしょう。わたし、近頃は香奠帳をおばあちゃんに判らないように箪笥《たんす》の中に匿《かく》しているの。何ですか、昔の香奠の借りを返してしまったら、おばあちゃん、がっくりして死んでしまいそうな気がするの。おばあちゃんったら、返したところへは一本一本線を引いているの」

志賀子は言った。

三

母が郷里で志賀子と一緒に住むようになってから四年目に、母のすぐ下の弟の啓一《けいいち》がアメリカから帰って来た。啓一は私にとっては現存している唯一人の叔父《おじ》であった。明治の末に二十一歳で渡米し、戦前はサンフランシスコで美術商会やホテルを経営し、移民としては一応成功したと言える人物であったが、戦争が始まると共にキャンプに送られ、戦後はサンフランシスコにあった仕事の権利をすべて放棄して、ニューヨークに移り、白人経営のホテルの事務長として、彼の言葉で言えば母国が敗れたあとの余生を送ろうとした人物である。

母の姉弟は八人あったが、母が長姉、啓一が長男で、一番末のまき以外は尽《ことごと》く他界していた。八人姉弟のうち上の二人と下の一人が遺《のこ》ったのである。叔父啓一の帰国については私も多少の関係を持っていた。啓一も妻の光江《みつえ》もアメリカの国籍を持っており、子供もなく、一生アメリカで過せば過せる立場にあったが、私がアメリカ旅行の折ニューヨークに行って郊外のアパートに二人を訪ねた時、啓一から残り少ない余生を日本で過すべきか、アメリカに留まるべきかの相談を受けた。私はそれに対して自信ある返答はできなかった。

叔父は生まれ故郷である伊豆に憧憬《しょうけい》に近い思いを持っていたが、七十何歳の今日まで半世紀以上アメリカで暮しており、しかもアメリカ人になっている現在、日本に帰ってからの生活に多少の不安はあるようであった。私の見る限りではニューヨークにおける叔父夫婦の生活も孤独であると言うほかなく、郷里の伊豆に居を構えればまだ幾らかの慰安《いあん》も見出されるかと思った。しかし一方に住宅の問題もあり、郷里に帰れば郷里に帰ったで、アメリカのアパート生活では考えられぬような煩瑣《はんさ》なこともあるに違いなく、また限られた年金で生活を賄《まかな》わねばならぬとなると、経済的にはどちらの生活の方が有利か判らなかった。

私は叔父夫婦を訪ねた翌年、再びアメリカに行く機会があって、一年後にまたニューヨークのアパートで叔父夫婦と会った。その時叔父の気持は既に帰国することに決まっていた。

「まだ、あなたのお母さんも居ることだし」

叔父は言った。母が健在であるということが、啓一の帰国の決心にはかなり大きい役割を果しているのではないかと思われた。啓一は在米五十余年のうちに一度だけ帰国しており、その時会ったまだ若かった彼の姉の面影を忘れかねているように見受けられた。私は母がその頃の母ではなく、すっかり年老いて耄碌していることを伝えたが、

「年齢をとれば誰も同じこと、私が話相手になってやりますよ。こちらも半分耄碌しているんだから」

叔父は言った。叔父は自分が夢みている日本の生活の中に老いた姉のための椅子を用意しているようなところがあった。叔父は長い外国生活のためか白人に似た容貌になっており、物の考え方も合理的でもあり、宗教的でもあった。

そしてその年の秋、叔父夫婦は余生を日本で送るためにアメリカの生活を引き払って、郷里の伊豆へやって来たのであった。私は叔父夫婦のために身許引受人になってやった。

叔父は郷里に落着くと、すぐ小綺麗な小さい洋館を建てて、そこに住まった。母の家からは農家四、五軒隔《へだ》てた向うにあったが、母の足ではほんの一、二分の距離であった。叔父夫婦は小さい食堂で毎朝のように食麵麭《パン》をまっ黒に焦がして焼き、焦げた

ところを丹念にナイフで削り落し、それにバターを厚く塗って食べた。食事をしながら新聞を読むので、午前中の時間は朝食のために費された。近所の人や親戚の者はみな叔父夫婦をアメリカさんと呼んだ。アメリカ人であるからアメリカさんでいっこうに不思議はないわけであったが、母は突然自分の前に現われた弟を名乗る人物が、アメリカさんと呼ばれることに不服であった。そういう呼び方に対する反感ではなく、そういう呼び方をされねばならぬ人物が自分の弟として現われ、周囲がそれにふさわしく遇していることが解《げ》せないことでもあり、気に食わないことでもあるようであった。

叔父夫婦が実際に帰国するまでは、母の待ち方はたいへんなものであった。啓一が帰国するということがレコード盤に刻みつけられ、それは約半歳の間に毎日のように回転した。母は若い時から自分の弟妹の中で若くして渡米した啓一に一番好感を持っていた。啓一さえ居たら——こういう言い方を何事かがあると母はよくした。その啓一が帰国することになったのであるから、母の悦び方は周囲の者にも判らぬくらい強かったに違いない。

しかし、いざ叔父夫婦が来てみると、母は初めから余り悦ばなかった。果して実際の啓一が帰国したかどうか怪しいものだと、そんな思いが心のどこかにあるようであった。

母は毎日のようにやって来る叔父と話をしたり、お茶を飲んだりしたが、新しい知人が自分の交際範囲の中にはいって来たという受けとり方こそしておれ、その新しい知人が自分の肉親の弟であり、自分が生涯好感を持ち続けていた啓一であり、事あるごとに、いつも満腔《まんこう》の信頼を寄せていた弟であるかということになると、どうも納得していないようであった。

叔父も初めは母に優しかったが、予想したより老耄の度合がひどかったに違いなく、余り同じことばかり喋られると、三度に一度は強い言葉を返さずにはいられないらしかった。それにしても、弟の姉に対する親しさには、子供が母に対する親しさとは別のものがあるようで、私や桑子などが帰省すると、叔父は私たちから母をかばう態度をとった。

「おばあちゃんも最近余り同じことを喋らなくなってね」

叔父は私たちに言った。そして私たちに母の耄碌ぶりを見せまいと、小声で母を叱ったり、母をたしなめたりした。こうした姉と弟の二人の老人の関係は私たちの眼には奇妙に映った。叔父は母を労《いたわ》り、労るあまりに腹をたて、もう二度とあなたのようなわからずやには会いませんよ、とそんなことを言って帰って行くことがあった。子供たちが母を叱るより叔父が母を叱る叱り方の方が強かった。

叔父は母に対して躍起になっていたが、母の方は叔父をその名では呼ばなかった。アメリカさん、アメリカさんと呼んだ。その呼び方の中には多少の軽蔑《けいべつ》感がこめられており、蔭ではなんだ、アメリカさんがとか、アメリカさんのくせにとか、そんな言い方をした。そのくせ、アメリカさんが姿を見せない日は、何度でもアメリカさんの家に押しかけて行った。いま訪ねて行ったことを忘れ、すぐまた出掛けて行った。

「いったい、おばあちゃんは、アメリカの叔父さんが啓一だと思っているのかな」

私は帰省する度にこの質問を口に出した。毎日のように一緒に暮している志賀子も、この点に関しては正確な判断は下せなかった。やはり弟の啓一と思っているらしいと言ってみたり、どうもそうは思っていないらしいと言ってみたり、志賀子の私への返答もその時々で違っていた。いずれにしても老いた姉と老いた弟の取引では、叔父の方が割が合わないことは誰の眼にも明らかだった。叔父は母をかばい、かばうあまりに腹をたて、母と口喧嘩をした。そんなことをするために叔父は日本に帰って来たようなものであった。叔父は毎日のように筋のきちんとついたズボンをはき、ネクタイをしめ、セーターをはおり、靴を履いて瀟洒《しょうしゃ》な恰好をしてやって来、腹をたてていない時は母の相手をしてやり、腹をたてている日は家にはあがらないで庭をぐるぐる廻って散歩しては帰った。家にはあがらないで散歩している叔父を、母は庭下駄をひっかけて迎えに行くことがあった。そういう時、叔父は母の方は見向きもしないで母を避けて帰ろうとしたが、母の方が何層倍も足が達者だったので、すぐ追いつかれたり、先廻りされたりした。私たちは叔父と母が背戸の蜜柑《みかん》の木の傍などで向い合って立っている姿をよく見た。仇敵同士のようにも見え、老いた姉と老いた弟がひそひそ話をしているようにも見えた。こうしたところからすると、母は甚《はなは》だ手応えのある茶飲友達を一人得たぐらいにしか思っていないのではないかと思われた。

叔父が帰国して二年目を迎えた去年の夏の初めのことである。突然志賀子から東京の私の家に電話がかかって来た。明夫が自動車事故で入院したが、漸《よう》く退院して松葉杖をついて家でぶらぶらしている時期のことであった。志賀子はすっかり母に腹をたてていた。

長い間母の世話をして来て、自分はもう疲れ果ててしまった。自分が疲れるのはまあ我慢するとしても、母は寝たり起きたりしている明夫に向って、どういう料簡《りようけん》か知らないが、顔さえ見れば皮肉を言ったり、嫌味を言ったりする。今朝も、毎日家でごろごろしていて結構なご身分ですねと言った。明夫は取り合わないが、それにしても不快でなかろう筈はない。頭が毀れているから仕方がないと言えばそれまでであるが、自分が血を分けた子供ではなく娘聟であると思うからそういうことを言うのであって、耄碌しているくせにそんな点はちゃんと使い分けている。私が憤ったらここは私の家だから出て行って貰いましょうと言った。出て行っていいなら苦労はしないが、出て行けないから私も痩せてしまっているのである。もう私も母親の面倒はみきれない気持になっている。それに最近の母の耄碌の仕方はひどくなっていて、一刻も眼が離せない。それはともかくとして、これから半月間ほど明夫は再入院して、再手術を受けなければならないことになった。そうなると、自分は毎日病院に通わねばならず、さしずめ困るのは母親の始末である。手伝いの娘の貞さんやおばさんなどの手に負える母親ではない。せめて明夫の入院中だけでも、おばあちゃんを兄妹のどこかの家で預って貰いたい。

こういう電話であった。電話口には私が出た。受話器の奥から聞こえて来る声で、志賀子の気持が昂《たか》ぶっていることは手にとるように判った。母はすっかり娘の志賀子を憤らせてしまったのである。その晩私の家に弟と桑子が集り、兄妹で母親をどうすべきかを相談した。

「おばあちゃんも、とうとう姉さんを憤らせてしまったわね。でも、よく今日まで続いて来たようなものよ」

桑子が言えば、

「爆発したんだな。そりゃ、爆発するよ、あれでは毎日たいへんだものな」

弟も言った。問題は母親が東京に来る気になるかどうかということであった。しかし、来る気になろうとなるまいと連れて来なければならなかった。他の場合と違って、明夫の怪我も捗々《はかばか》しく快方に向っているとは思えぬし、もう何年も母親を預けっ放しにしている兄妹としては、この際志賀子夫婦本位に考えてやらねばならなかった。

結局、あれこれ相談した結果決まったことは、母をひとまず東京の私の家に連れて来、それから軽井沢へ移すということであった。私は仕事のために軽井沢に夏だけ過す家を持っていたので、そこへ母を連れて行けば、夏の軽井沢の生活は案外母の気に入るのではないかというのが皆の一致した希望的観測であった。

相談が纏まると一日二日して、桑子と弟は母を連れに郷里へ出掛けて行った。私の家では例年より少し早く軽井沢の家を開けることにして、手伝いのおばさんと娘の芳《よし》子《こ》が先発隊として出掛けていった。

母が弟と妹に連れられて東京の家にはいって来た時、私は母が別人のように窶《やつ》れているのを見た。四時間ほど自動車に揺られて来たので、そのためかと思って、その晩は早く床にはいらせ、郷里から連れて来た母係りの娘の貞代と桑子の二人が母の横に寝た。しかし、母は殆ど眠らなかった。眼が覚めると、荷物を抱えて階下へ降りようとした。ひと晩中母が口走っていることは、郷里へ帰るということであった。

暁方《あけがた》になってから母は眠り、十時頃眼覚めて階下へ降りて来たが、その時は顔の疲れも前夜ほどではなく、いいお庭だねと、庭を褒《ほ》めるぐらいの気持のゆとりは持っていた。が、午後になると駄目だった。郷里の家へ帰らねばならぬということだけが母の頭を占領し、桑子のあとを追い回し、早く発たないと夕方までに郷里の家に着かないではないかと詰め寄るような言い方をした。なぜ母が上京しなければならなくなったかということを説明しても、母は一切受けつけなかった。帰ろうという気持だけが母の心を占領していた。母の相貌は変っていた。

桑子も仕事があり、母の世話ばかりしているわけにはゆかず、二、三日私の家に居て、あとは自分の家に帰り、時折顔を見せるようにした。桑子が居ない時は私の妻がその替りをしなければならなかったが、この方は逆効果だった。自分をこのような立場に置いた当の画策者としてしか妻をみていなかった。母は貞代のあとばかり追い回し、桑子に対すると同じようにいつ帰るかと詰め寄った。

母は私には多少遠慮があり、私の前では、何もそう急いで帰らねばならぬというわけではないが、なるべくは今日かあすのうちに帰らせて貰いたいというような言い方をした。

夜になると、毎晩桑子か弟のどちらかが都合をつけてやって来て、母の相手をした。二人で一緒に来ることもあった。初めはいまに諦めて東京の生活に慣れるのではないかとみなで話し合っていたが、やがて母にそんなことを望んでも無駄であるということになった。こんなに郷里へ帰りたがっているのに、ここに無理に留めおくのは可哀そうだと、誰も彼もがそんな思いを持ったが、そういう時、軽井沢の娘から電話がはいって来た。もう長雨もやんで、今日あたりから夏らしい陽ざしが降り出したので、おばあちゃんをこちらに寄越《よこ》してはどうかという電話であった。私が母の東京における状況を伝え、軽井沢へやることは初めから予定していることで、それはそれで結構だが、そちらに行っても世話がたいへんだから、よほどその心算《つもり》にならぬとと言うと、

「おばあちゃんはわたしが世話をします。だいたい周囲の人はみんなおばあちゃんの気持になってあげないから、おばあちゃんの気持をこじらせてしまうと思うの。わたしならちゃんとやれるわ。わたし、おばあちゃんは好きだし、おばあちゃんだって、

わたしを好きよ。やはり八十四のおばあちゃんには八十四のおばあちゃんの気持になってあげないと」

娘は言った。娘がこんな口のきき方をしたことはなかったので、私は驚いた。大学へ行っている娘から父親である私が、母親の取扱いについて叱責されているような具合だった。しかし、またその娘の言い方には、よし自分がみんなが困る困ると言っている祖母を引き受けて、ちゃんと祖母の世話をしてやるといった健気《けなげ》なところがないでもなかった。ただその健気さが何日続くかということが問題であった。

その晩、いかなる反応があるか判らなかったが、とにかく母に軽井沢行きのことを話してみることにした。大学の研究室に行っている長男が、

「おばあちゃん、軽井沢に行きなさいよ。気持がいいよ」

いきなり単刀直入に言うと、

「軽井沢、いいねえ、あそこで何日か過したら、さぞ気持がいいだろうね」

母は言った。母は東京で桑子の家に居る頃、何日か軽井沢で過したことがあったが、その時の軽井沢のことを忘れていないらしかった。

「じゃ、二、三日したら、軽井沢へ行きますね」

桑子が念を押すと、

「行きますとも」

母は素直な顔で言った。いかにも軽井沢へ行くことが嬉しそうであった。

軽井沢行きは、いろいろ考えた末自動車を使うことにした。そして一番気心の解る桑子と弟がこの場合も母に付き添うことになった。しかし、自動車に乗る時、母は郷里へ帰るのに土産物ひとつ持たないのは困るというようなことを口走った。

「おくにに帰るのではなくて、軽井沢に行くのよ」

桑子が言うと、

「冗談じゃありませんよ。軽井沢、そんなところへ誰が行きますか。わたしは郷里に帰るんですよ。他のところなんか行きませんよ」

母は言った。桑子と弟は母を両側から抱えるようにしてくるまに乗せた。

「心配しなくても大丈夫よ」

桑子は見送りに出ている私たちに言うと、

「じゃ、おくにの軽井沢にやって下さい」

と、運転手の方に言った。

二日ほど遅れて私は貞代と一緒に軽井沢へ発った。軽井沢に着いたのは午下《ひるさが》りの時刻だった。家の門でくるまを棄て木立の繁みに両側を囲まれた細いだらだら坂を上って行くと、庭で草をむしっている母の姿が眼にはいって来た。その横で芳子は戸外用の籐椅子に身を横たえており、弟は庭に敷いた茣蓙《ござ》の上で裸の体を干し、桑子はそうした皆の見えるベランダの椅子で本を読んでいた。私や貞代の方に向けた母の顔は明るく穏やかだった。私は軽井沢の状態が非常にうまく行っていることを感じて吻《ほっ》とした。

「おばあちゃんは今日はご機嫌よ。きのうは少しいけないおばあちゃんだったけど、今日はお利口さんなの、ねえ」

桑子は半ば母親に聞かせるような言い方で言った。軽井沢に着いた一昨日は、自動車の疲れで半ば錯乱状態になり、自分が連れて来られたところが郷里でないことに腹を立て、ひと晩中安眠せず、傍に寝た桑子と芳子が手を焼いたということだった。昨日は午前中は落着いており、みなと家の周囲を散歩して涼しいところへ来てよかったというようなことを言っていたが、午後になると、一昨日ほどではないが、やはり郷里の家に帰りたい一心で、みなをてこずらせたという。

「今日が一番いいの。今日はもう午後になっているけど、こうしていると穏やかなものよ。おばあちゃんも、もうここに居なければならぬと諦めたらしいのね。それに何と言っても涼しいから、夜眠れるでしょう。ゆうべはぐっすり眠ったわ。それで頭も休まると思うの」

芳子は言った。

その日は母は夜まで、郷里へ帰りたいということは口にしなかった。相変らず同じことばかり何回でも話していたが、私たちはいまや母が同じことを繰り返すことなどは少しも大事には考えていなかった。それに対してはこちらが同じ返事を何回でもしていればいいことであって、そのことが鬱陶しくない筈はなかったが、荷物を抱えて郷里の家に帰りたい、帰りたいと言い出されるよりずっと始末がよかった。母の口から出る同じ言葉を聞き、それに対して同じ返事を繰り返すことは、こちらの忍耐と我慢の問題であったが、郷里へ帰りたいと言い出されると、願望と拒否という問題になり、周囲の者は八十四歳の老いた母と対立しなければならなかった。説得ということはできなかったので、帰りたい、いけませんということになった。母としてはこんなに帰りたがっている自分をなぜ帰してくれないかという気持になるし、こちらはこちらでこれほど帰れない事情を話しても、母の頭はなぜ納得してくれないのであろうかということになった。そしてこちらとして一番困るのは、誰もがこれほど帰りたがっている母を引き留めておくということに自信がなくなることであった。郷里へ帰りたいと言っている時の母の顔は、自分の家に帰りたがって、それ以外一切受けつけない幼児となんら異るところはなかった。母は小さい体全部で己が願望を表現していた。帰りたいと言っているのは口だけではなく、眼も、横顔も、背も、みんな帰りたいと言っていた。

私が行ってから三日ほどは、母は落着いていた。芳子の言うように母は本当に郷里の家に帰ることを諦めたのかもしれなかったし、あるいは軽井沢の生活に慣れ、ここの生活もそう悪くはないと思い始めたのかもしれないと思われた。

私が軽井沢へ行ってから四日目に、弟と桑子と手伝いのおばさんは東京へ帰って行った。あとは私と芳子と、母の世話に慣れている貞代の三人が母を看ることになった。母は桑子たちが帰って行く時は門まで送って行き、自動車が出て行ってしまうと、

「これでやっと静かになれたね、やれ、やれ」

と、そんなことを言った。

「おばあちゃんたら、よくそんな勝手なことが言えるわね」

芳子が呆れ顔で言うと、

「だって、本当だもの」

母は笑って、

「あんたも帰りたかったら帰っていいよ」

「帰りたいけど、帰れないの。おばあちゃんの世話をしなければならないから」

「どういたしまして」

「ほんとよ。おばあちゃんが諾《き》きわけのいいおばあちゃんになるまでは、わたしも貞さんも、ここでおばあちゃんのおつき合い」

「あんなことを言って！　東京へ帰ると勉強しなければならんもんで」

「ああら、失礼ね」

そんな祖母と孫娘の会話を聞いていると、もう心配はなく万事はうまく行くだろうと、私には思われた。

しかし、その日の夕方になって、母は鞄に手廻り品を詰め始め、それをきっかけにしてまた郷里に帰りたがり始めた。芳子と貞代が母の気持を逸らすために散歩に連れ出したが、いっこうに効果はなかった。

それ以来、母の老耄の状態は一進一退だった。郷里の家に帰りたいと思い始めると、矢も楯《たて》もなく帰りたいらしく、それを主張しづめに主張し、そのうちに尤《もっと》もらしい理由を考え出して、それを並べたてたりした。が、何かの拍子にそのことが心を離れると憑《つ》きものが落ちたように素直になり、

「もう、そろそろ、ここは秋だね」

などと言った。庭の叢《くさむら》から湧き起ってくる秋虫の音に耳を傾けている母の横顔は妙にしんとしていて、何となくこちらの心を打つものがあった。

そうしたある日、母は娘たちと散歩して帰って来ると、ふいに、いま私たちに道を訊いた女のひとがあったが、あのひとに道を教えてやると言っておいて道を教えて来なかった。あのひとはさぞ困っているだろうねと言った。

「道を訊いたんじゃないのよ。私たちに何も話しかけなかったでしょう。ただ、私が道でも探しているのかしらと言っただけなのよ」

芳子は言った。すると、

「いいえ確かに私は道を訊かれた」

と、母は真顔で言った。

「そんなことありませんよ。確かに女のひとは居たけど、道なんか訊かれなかったじゃありませんか」

貞代も言った。しかし、母は諾かなかった。

「いや、私は道を訊かれた。今頃、さぞ困っているでしょう。可哀そうに」

母の表情からは母はそう思いこんでいるとしか見るほかはなかった。夕食の卓に就

いている間、母はひとり言のように、

「可哀そうに、今頃どうしているかしら」

と何回も言い、真実その女のひとのために心を痛めている風であった。

食事が終って暫《しばら》くしてから、芳子が母の姿が見えないと言い出した。私も貞代も庭を回ってみたが、母の姿はどこにもなかった。私は貞代を表口の方に回らせ、自分は裏口から細い路地に出た。路地は到るところで交差していた。この辺りにはそれぞれかなりの敷地を持った別荘が木立の中に埋まるようにして散らばっていて、道は私道ではなかったが、日中でも余り人通りはなかった。私は道の交差しているところへ来ると、どちらに曲るべきか迷った。母がどの方角へ行ったかは、かいもく見当がつかなかった。

そうしている時、私は一本の路地の遠くの方を、小走りに駈けている母の小さい姿を発見した。道の両側は樅《もみ》とか槙《まき》などの林で包まれていたので、道は定規《じょうぎ》でも当てたように真直ぐに走り、その先きは細くなって見えた。そうした真直ぐに伸びている道の遠くに母の姿があった。母は時々立ち停まっては、また駈けていた。そうした母の姿は、不思議なことだが、私には敏捷《びんしょう》な生きものを思わせた。そしてそこから受ける感じは野性的でさえあった。

母に追いつくと、私は何も言わないで、家に帰ろうとだけ言った。母はいつもこうした場合に見せるはにかんだ表情を見せ、

「どこへ行ったかね。あの女のひとは」

と言った。この事件は、私にとってはかなりの衝撃であった。母が幻覚を持ったということは初めてであったからである。しかし、幻覚と言えば、母が帰りたがっている郷里の家というのも、あるいは母の頭の中では幻覚と名付けてもいいものになっているかもしれなかった。

道を探している女の人のことは、その日だけで母の頭から消え、翌日から母は静かになった。芳子や貞代と庭に出たり、散歩に出掛けたりした。幻覚事件は母自身にもまた一つの衝撃であったかも知れなく、あるいはそのお蔭で母の気持は正常に戻ったのかもしれなかった。こんど郷里の家を離れるようになってから初めてといっていいくらい母はおとなしく静かな何日かを過した。そうしたある日、私はベランダで芳子と貞代に取り巻かれている母の姿を居間から見ていた。

――阿蘇の山里秋ふけて、ながめさびしき夕まぐれ
母は歌うように言ってから、あとを考えている風だった。

「おばあちゃん、えらいものを知っているね」

と、私がそこに近寄って行って言うと、芳子が、

「おばあちゃんはいろいろなことを知っているのよ。孝女白菊のほかに、石童丸も知ってる」

そう言ってから、

「さ、おばあちゃん、お父さんに聞かせてあげて」

と、母を促した。すると母は、

――父は高野におわすると、風の便りに聞きしより

……日々にもの憂き草枕

と、石童丸和讃の冒頭のごく一部分を口ずさみ、すぐ詰まると、

「もうみんな忘れてしまった」

と言った。そして、なお思案気に首を傾けていたが、ふいに顔をあげると、

「そう、そう、まだほかにじゃがたらぶみを覚えていますよ。――なおなお申し上げ候。まず申すべきを失念致し、おおちち様、姥さまご両人御方へおらんだ布二反」

と、少し節をつけて歌うように言った。周囲の者は静かにしていた。

「それから」

私が促すと、

「もうなんにも覚えていない。孝女白菊と、石童丸と、そうね、じゃがたらぶみだけね」

母はしんみりした口調で言った。

「おばあちゃんは、可哀そうなことばかり覚えているのね」

芳子は言ったが、それには構わず、

「もう、ほかには何も覚えていないね」

と、母は再び言った。いかにも、いくら考えてももう何も出て来ないといったその時の母の表情であった。

「愛別離苦だな」

私は言ったが、その時私は自分の口からとび出した言葉にはっとした気持だった。確かに母の心を捉えているものは愛別離苦に違いないと思った。母は愛別離苦の劇の中に自分自身ではいり込んでいるのである。母の郷里へ帰りたがっている気持はじゃがたらぶみの筆者の持つ望郷の念の切なさ苦しさと同じではないのか、母の道を探して困却《こんきゃく》していた女の人への憐憫《れんびん》の情は、石童丸や孝女白菊の劇において、若い母が感じ、永遠に消えぬ悲しみとしてその心に刻みつけたものと同じであるとは言えないであろうか。

前に義弟の明夫は、母の心から次第に物事への関心が薄れ、いまは結婚と出産と死だけになってしまったと言ったが、そういう言い方をすれば、いまの母の心を捉えているものはこの人生において愛別離苦だけになってしまっていると言えるかも知れないのである。人間の一生は結婚と出産と死、そしてそうした一個の人間の人生途上において、どうしても消すことができぬものとして最後まで残る人間と人間との関係は愛別離苦。母は八十何年か生きて、こうしたこと以外受けつけぬ精神と肉体とを持ってしまったのであろうか。母は時に憎しみの感情をその老いた面に現わすが、それはその時だけのことで、すぐ消えてしまっている。母の枯葉の軽さを持つ肉体と毀れた頭の中でまだ生き続けているものは夾雑物というものをすべて取り除いてしまった蒸溜水のような、ある澄明度を持った極く素朴な感性のような気がする。

その晩、私は家のベランダで客とウイスキーを飲んだ。その客は九時頃帰って行ったが、入れ替りに新しい三人の訪問客があった。その客たちを相手に私はまたウイスキーを飲んだ。そしてその客たちが帰って行った時は二時を回っていた。

私が客たちを門まで送ってベランダに戻って来ると、母が寝衣《ねまき》のままで起き出して来て、これも寝衣で起き出して来た芳子と、寝るとか寝ないとかで言い争っていた。母は眠れないらしく羽織を着てベランダへ出て来たいらしかったが、夜寒がきついので私は許さなかった。私は席を居間の椅子に移し、そこで暫く母と向かい合っていた。私はまたそこでウイスキーを飲んだ。

「さあ、おばあちゃん、同じことを何度でも言っていいよ。こちらは酔っているから今夜はいっこうに応えない」

私は母に言った。実際、その時は私はそんな気持になっていた。もう何年にも普通の人間と人間とが向かい合っているように、虚心に母と対座したことはなかった。私は母が何回でも繰り返す同じ言葉を耳に入れまいと努力しているのが常だった。そして、もう同じことを言うのはおやめなさいと母をたしなめる言葉を口の先まで出しかかったり、それを強引に口の中に押し戻したりしていた。母と向かい合って坐るということは自分との闘いを始めることに他ならなかった。だが、その夜は酔いも手伝って今なら母と虚心に対座できるという気持になり、その気持を口に出したのである。

ところが、翌日になると、芳子は言った。

「ゆうべ、お父さんは酔っていたでしょう。おばあちゃんが言っていましたよ。この人は変な人だよ、同じことばかり言っているって」

私は思わず笑い出した。私は自分が何を言ったか覚えていなかったし、勿論母からそのようなことを言われたことも覚えていなかった。

「おばあちゃんが、お父さんを自分の子供であると思っているかどうか、甚だ怪しいものだと思うわ。この人、この人って、突きはなして言っているの」

芳子はまたそんなことをも言った。

母が軽井沢に居る間、五日目か六日目に必ず郷里の志賀子から電話がかかって来た。志賀子としては母を預かって貰ったものの、母を自分から手ばなしておくことが、やはり心配になっているらしかった。

「八月いっぱいぐらいで明夫は退院すると思いますが、まあ九月半ば頃までおばあちゃんを預かっていただくと、こちらは助かります。軽井沢は早く寒くなるでしょうから着物を送っておきます」

何回目かの電話の時、志賀子は言った。そしておばあちゃんの声が聞こえますね、そんなことを言って電話を切った。

しかし、九月半ばどころか、八月半ばになるかならぬうちに母は郷里に帰って行くことになった。ずっと母に付き添っていた貞代が用事ができて郷里へ帰らねばならなくなり、そのことが母に強く作用した。母のこうした事に関する勘は恐ろしいほど強く、貞代が近く軽井沢のこの家から脱け出して行くのではないかと思い始めた頃から、再びじゃがたらぶみの筆者の望郷の念の切なさが執拗に母を捉えた。母がどうして貞代のことをかんづいたかは誰にも判らなかった。母は鞄に物を詰め込んだり、時には着のみ着のままでバスの停留所に行こうとしたりした。もう誰の手にも負えなかった。そして終《しま》いには母はこんなところに居なければならないんなら死んでしまった方がましだと、そんなことまで口走った。祖母に死んでしまう方がましだと言われたことは、芳子にはさすがに応えたらしかった。

「おばあちゃんとは絶交」

芳子は本気で言った。すると、

「わたしも、あんたとはバイバイ」

母は言った。母が奇妙な言葉を知っているのに皆が驚かされた。

桑子と弟が母を迎えにやって来たのは八月の中頃だった。それでも母は軽井沢に一ヵ月近く居たことになった。母が居なくなった日、芳子は洗面所の鏡の前で、

「志賀子おばさんがこの間電話で少し肥《ふと》ったと言ったけど、お蔭で私の方は少し痩せたんじゃないかしら」

と言った。

四

母は郷里の家に帰ると落着いて静かになった。帰りたい、帰りたいと言っていたところに帰ってしまったので、差し当って要求すべきことも、執着すべきこともなくなってしまった恰好であった。

私は秋になって軽井沢を引きあげると、郷里の母に会いに出掛けた。郷里に帰って、もう文句もなくなったでしょうと、皮肉の一つも言いたかったのであるが、この私の思惑は完全に外れていた。母は東京へ行ったことも、軽井沢に連れて行かれたことも覚えていなかった。

「軽井沢ですって、そんないいところなら私も悦んで連れて行って貰うんだけど」

母は言った。全然覚えていないのと訊いてみると、実際に行っていないのだから、覚えるも覚えてないもないと言う。

「では、前に行った時のことは、ほら、前に行ったことがあるでしょう」

「いいえ、行ったことなんかありませんよ。前から行きたい、行きたいと思っていたけど、この年齢ではね」

母は何年か前に行った時のことも忘れていた。東京に来た時は覚えていた筈であったが、その方の記憶も、僅かの間に失っていた。しかし、身体の方はすっかり元気になり、顔の表情も軽井沢の一時期に較べると、別人のように明るくなっていた。その替り、母の留守の間にアメリカさんの啓一の方がすっかり弱っていた。歩くのが大儀らしく、母の家に来るのが容易なことではなかった。母が何回も往復するだけの時間を要し、いつも叔母に付き添われてやって来た。

「おばあちゃんの脚を少し分けて貰いたいね」

啓一は来る度に言った。叔父が足が弱って家に来ることが少くなると、母の方が毎日のように二回も三回もアメリカさんの家に押しかけた。そして何を叱られたのか、もう二度と行かないと立腹して帰って来ることもあったが、一時間もすると忘れてまた出掛けて行った。郷里の家に居る限り、母は自分の欲するままに行動している感じで、少し大袈裟《おおげさ》な言い方をすれば傍若無人に見えた。

「もうすっかりわがまま娘になってしまっているの。もう何を言ってもだめよ、通じないから」

志賀子は言った。

秋の終りに法要があった。おぬい祖母《ばあちゃ》の五十年の回忌であった。私は幼少時代両親から離れて、この祖母に育てられたので、私にとっては母代りの女性であった。祖母と言っても血の繋《つな》がりはなく、もともと曾祖父の妾《めかけ》であった女性で、曾祖父の歿《ぼつ》後《ご》、私の家の籍にはいって分家を立て、私の母が戸籍の上では彼女の養女ということになっていた。そういった複雑な関係にあったので、若い頃の母が、謂《い》ってみれば家庭の平和の攪乱者《かくらんしゃ》でもあり、戸籍への闖入者《ちんにゅうしゃ》でもある己が義母に対していい感情を持とう筈はなく、二人は最後までうまく行かなかった。

そのおぬい祖母の五十年の回忌であったが、母はついに好感というものを持たなかった義母のことはすっかり忘れていた。

「ああ、そう、おぬいさんの法要かね」

口ではそんなことを言ったが、そのおぬいさんなる女性が曾《かつ》ての自分の対立者であることには思い到っていなかった。

五十年という歳月を、私は多少の感慨をもって受けとった。この祖母が亡くなったのは私の小学校六年生の時のことであって、私はその葬儀の日のことを覚えていた。

それから今日までの私自身が歩んだ五十年という歳月も長く思われたが、それより母の心から恩讐《おんしゅう》の念の一片も跡形なく消えていることの方が、その歳月の長さを思わせるのであった。

現在の母にとっては誰の法要でもよかった。人が集まるということが嬉しいらしく、次から次に来る客の一人一人に、

「忙しいのに、よく、まあ、都合して来てくれましたね」

と、そんな愛想を振《ふ》り撒《ま》いた。

「おばあちゃんも、いつまでも確《しっか》りしていて結構ですね」

客は誰も同じようなことを言った。本当にそう思っている者もあれば、そのあとに、

「まあ、身体だけ達者なら」

と、付け加える者もあった。アメリカさんの啓一は法要のあとの宴席で、おぬい祖母についての思い出を同席者に話して聞かせた。好感を持っていたか、反感を持っていたか知らないが、おぬい祖母のことを一番よく知っているのは、いまとなると若くして日本を離れ、いまはアメリカ人になっている啓一であった。その宴席には母も坐っていた。私は少し離れた席から母を見ていた。母は啓一の話に耳を傾けているよう

に見えたが、絶えず気持はほかに散っているらしく、傍についている貞代に何か話しかけてはたしなめられていた。たしなめられる度に、母は神妙に、ほんの一瞬だけのことであるが、話している啓一の方に顔を向けた。その顔は二十三歳の貞代の顔より、私には寧《むし》ろ初々しく、若々しく見えた。

年改まって今年の正月の中頃、久しぶりで兄妹たちは八十五歳を迎えた母親を囲むために郷里の家に集まった。この時志賀子は、ショックったらないの、と前置きして、

「おばあちゃんたら、私のことを去年あたりからおばあさん、おばあさんと呼ぶでしょう。三島の孫が来て、私のことをおばあさんと言うので、それでおばあちゃんも、私のことを孫の呼び方で呼んでいると思ったら、どうもそうではないらしいの。本当に、私のことをおばあさんと思っているらしい」

と言った。

「おばあさんと言っても、一体誰と間違えているのかな」

弟が訊くと、

「誰ということなく、漠然とおばあさんと思っているんじゃないかしら」

「なるほどショックだね」

「母親からも老婆と見られるようになったら、もうおしまいね」

「娘だとは思っていないのかな」

「時には娘だと思うこともあるらしいけど、どうもそうでないことの方が多いようよ。私に対してもそういう状態だから、アメリカさんなどの場合は、完全に弟啓一とは別人ね。叔父さんも近頃はすっかり悟ってしまって、あなたには何を言っても判らないが、あなたの弟に啓一という人があってね、これはその人の話なんだが、とそんな話のきり出し方をしているの。聞いていると可笑《おか》しいわ」

志賀子は言った。

母は暮あたりからしきりに幻覚を持ち始めていた。客が来てもいないのに、客に出すためのお茶の支度をしたりすることがあると言う。何となく客が来ているような気持になって、そんなことをする場合もあれば、きのうと今日が入り混じってしまって、きのう来た客のためにそのようなことをしているのではないかと思われる場合もある。

そんな志賀子の報告を中心に兄妹たちが母の話をしている時、母は隣りの居間に放心したように坐っていた。桑子が、

「おばあちゃん、私たち、おばあちゃんの話をしているのよ」

と、母の方に声をかけると、

「知っていますよ。わたしの悪口を言っているんでしょう。そうに決まっている」

母は無心の表情で笑った。こういう場合の母はいい顔をしていた。そして母はすぐまたもとの放心の表情に戻って自分の思いの中にはいって行った。私は母はいま何を考えているのであろうかと思った。過去と現在も入り混じり、夢と現実も入り混じっている。そしてそういう世界に居る母の耳に、時折、四人の子供たちの話している言葉がはいり、それも瞬間瞬間にして消えているのである。

「かげろうや塚より外に住むばかり」

私が、芥川の短篇「点鬼簿」の中に使われている丈艸《じょうそう》の句を口にすると、それを受けるような言い方で、

「夢は枯野をかけめぐるだろうね」

と弟は言った。

叔父啓一の死は突然のことだった。特にどこが悪いというのでもなく、老衰とでも名付ける以外仕方ない身体の弱りが今年になってから目立っていたが、五月の初めに無理をして叔母と一緒に沼津まで買物に出掛けたのがいけなかった。帰途吐気と眩暈《めまい》

に襲われ、帰宅するとすぐ寝台に横たわったが、その夜半叔父は息を引きとったのであった。呆気《あつけ》ない亡くなり方であった。帰国してまだ二年経っていなかった。叔父は母とは違って少しも耄碌したところはなかった。あまり母の老耄に手を焼いたので、そうしたところにはいる前に現世から身を引いてしまったのかも知れなかった。

葬儀の日は朝から小雨が落ちていたが、出棺の頃からあがった。葬列は熊野山と呼ばれている小さい山のかなり急な勾配を上って行った。小石の露出している道は湿っていて、靴が滑るので歩きにくかったが、道の両側の雑木の緑は雨のために鮮やかだった。おぬい祖母の葬儀の時も、父の葬儀の時も、同じようにして私はこの山道を登って行ったのである。母の八人姉弟の中の物故者の何人かの葬儀の場合にも、私は葬列の中に加わってこの同じ坂道を登って行ったのである。母の姉弟と言えば、一番上の私の母と、一番下のまきの二人だけを残して、今やその間が全部欠けてしまったことになった。

叔父の骨壺が土中に埋められ、卒塔婆《そとば》が立てられ、読経があり、焼香がすんでから、私と桑子は会葬者たちの群れを離れて、父の墓参をするために、そこから少し隔《へだた》ったところにある家の墓地に向った。

檜葉《ひば》の生垣《いけがき》で囲まれた長方形の墓地には五つの墓石が立っていた。父の墓石、おぬい祖母の墓石、それに俊馬、武則の墓石、もう一つ何の文字も刻まれていない小さい墓石があった。名の刻まれていない墓石は、曾祖父時代に代診をしていた医者の子供で、生後何日目かの嬰児《えいじ》の墓であると、以前に誰からか聞かされたことがあった。俊馬、武則の墓も夭折した少年のそれにふさわしく小さかった。私はその二人の少年の墓に刻まれてある歿年を知ろうとした。文字は消えかかっており、しかもその上を苔《こけ》が覆《おお》っていたので読みにくかった。俊馬の方は明治二十七年九月、武則の方は三十年一月と刻まれてあった。母は明治十八年の生まれであるから、算《かぞ》えてみると、母が十歳の時俊馬は亡くなっており、十三歳の時に武則は亡くなっている。こうしたことを、私が口にすると、

「おばあちゃんはおませだったのね」

と、桑子は笑って、

「それではおじいちゃんも嫉妬しようもなかったでしょう。でも自分が亡くなったあと、自分の奥さんが少女の日の思慕をあれだけ臆面もなく披露しようとは、おじいちゃんも考えてみなかったでしょうね」

と言った。

「不覚だったね」

私は言った。その不覚だった父親の墓石の面を私は水で洗い、桑子はその周辺の草をむしって綺麗にした。

その夜、親戚の者や近所の人たちで野辺送りの酒宴が開かれた。アメリカさんの洋館は手狭だったので、それと対《むか》い合っている本家の家の座敷がそれに当てられた。振舞が開かれている最中に母がやって来た。近所の内儀《おかみ》さんたちが立ち働いている台所の方で母の声がしたので、私は宴席を立って行った。母はそこに居た内儀さんたちに向って、

「亡くなったのは啓一だということではないの。どうして、それを私に教えてくれなかったの」

と、烈しい口調で詰問していた。母の顔は蒼ざめ、昂奮した時いつもそうであるように眼は坐っていた。

「おばあちゃんはご存じだったたんでしょう」

誰かが言うと、

「いいえ、私は知りませんよ。いま初めて聞いたの」

母は言った。初めて啓一の死を聞いて、いまここに駈けつけて来たといったような息を弾ませた言い方だった。そこへ志賀子がやって来た。さあ、帰りましょう、と志

賀子が言うと、母はこんどは志賀子の方に詰め寄って、

「あんたは、どうして啓一の亡くなったことを私に匿《かく》していたの」

と言った。真剣な表情だった。

「匿してなんかいるもんですか。自分でもアメリカさんは気の毒なことをしたと言っていたでしょう」

志賀子が言うと、母は大きく首を振って、

「いいえ、わたしは知りませんよ」

と言った。私と志賀子はそこから母を連れ出して家に戻った。が、家に戻って五分ほどすると、誰かが母の姿が見えないと騒ぎ出したので、私たちはまた母を探しに出て行かねばならなかった。振舞の行われている先刻の場所に行ってみたが、そこに母の姿がないので、もしやと思って裏手のアメリカさんの家を覗いてみた。叔母は振舞の騒がしさを避けて家に居たものと見え、応接間でその叔母と向い合って椅子に腰かけている母の小さい姿が見えた。私と志賀子が部屋の入口に顔を出すと、

「おばあちゃんがいまお焼香して下さいました」

叔母は言った。部屋の突き当りに設けられてある仏壇には黒いリボンのかけられた啓一の写真が置かれ、それを取り巻くように花が飾られてあった。叔母は入口に立っ

ていた私たちのところまで来ると、

「おばあちゃんが泣いてくれています」

と言った。私たちも部屋にあがった。母のところへ行ってみると、なるほど母は顔を涙で濡らしていた。

私たちは母をまた連れ戻したが、その夜のうちに母は更に二回もアメリカさんの家を訪ねて、啓一の位牌《いはい》の置いてある場所に坐った。一回は貞代が連れて行き、一回は振舞の手伝いに来ている近所の内儀さんが連れていったということであった。二人とも母にせがまれて断わりきれなかったのである。

「おばあちゃんは本当に悲しいんですね。顔がいつもと違いますもの」

貞代は言った。そして、

「おばあちゃんはアメリカさんも死に、啓一も亡くなったと、そんな風に思っていらっしゃるようです。昼間のお葬式はアメリカさんで、夜のお振舞は啓一さんのお葬式だと思っているのではないでしょうか」

と、説明するような言い方をしたが、私はまさかそんなことはあるまいと思った。しかし昼間の葬儀に対しての無関心さと、夜になってから身も世もない悲しみようを見せているところなどは、貞代のように解釈しないと理解できないことかも知れなかった。長年母に付き添って母の世話をしている貞代には貞代の見方があった。その貞代の見方が正しいかどうかは判らなかったが、何もかも混乱し入り混じっている中で、一人の人間の死の悲しみだけが母の心を貫いていることは明らかであった。葬儀の夜の賑わいと言えば賑わいと言える騒がしさの中で、悲しんでいると言えば、あるいは母が一番悲しんでいるかも知れなかった。

翌日、私が二階の寝室を出て、階下に降りて行った時には、母は既にアメリカさんの家に行っていた。私が母を連れに行くと、二人の老いた女性は新しい位牌の前で、互いに眼を涙で濡らしていた。二人は仲睦《なかむつま》じい姉妹のように見えた。

それでなくても叔母は疲れているので、私は母をなるべく叔母の家に遣《や》らないようにしたが母は諾かなかった。隙を見ると、家を出て行った。平生の叔母は必ずしも母を歓迎しているわけではなかったが、現在の叔母の夫を喪《うしな》ったばかりの悲しみは母をさえ必要としているらしく、何回行っても母は拒まれなかった。志賀子は母の姿が見えない度に、あら、また、おばあちゃんはアメリカさん、と、同じ言葉を出し、

「私が駈けるより、おばあちゃんの方が早いんだから始末が悪いわ。さっきなどは途中で立ちどまって、私を待っていてくれるんです」

と、そんなことを言った。

葬儀のあと二日居て、私は妻の美津《みつ》を遺《のこ》して、東京に帰った。その夜どうしても出席せねばならぬ会合があったので、私は東京駅からすぐその会場に向い、家に帰ったのは十二時近い時刻であった。玄関にあがるかあがらないかに、電話のベルが鳴った。電話は郷里に居る美津からで、明日東京の家に知人が訪ねて来ることになっているから、それを断って貰いたいという用件であった。そしてそのあとで、

「さっきおばあちゃんが大変でした」

と言った。

「倒れたのか」

いきなり私は訊いた。

「いいえ、おばあちゃんたら、いったん床にはいったんですが、あなたを傍に寝かせておいたのに居なくなったと言って、起きて騒ぎ出し、着物を着ていると思っているうちに居なくなっちゃったんです。外に出て行ったんです。じきに連れ戻しましたけど」

「あなたって、——僕のことか」

「そうなの。あなたが赤ちゃんになっているらしい」

「まさか」

「いいえ、本当なんです。やすしをここに寝かせておいたのに居なくなったと言って騒ぎ出したんですから。――とにかく驚きました。おばあちゃんの居なくなったのが夜中でしょう。あなたを探しに行ったんです」

「どこに居た？」

「金物屋さんのところの辻を長野の方へ向って歩き出していたんですって」

「だれが連れて来た」

「志賀子さんと貞さん」

ふいに、私は全身が凍結するような思いに打たれた。白い月光が鋭く降っている長野部落に通じている道が眼に浮かんで来た。片側は一段高い田圃《たんぼ》になっており、片側もやはり田圃になっているが、この方は階段状をなして渓谷に落ち込んでいる。白い月光を浴びて母はそうした道を歩いている。嬰児の私を求めて歩いているのである。

「電話をきるよ」

私は妻に言った。受話器を置くと、私は落着かない気持で立っていた。どこかへ出て行かねばならぬといった思いに捉《とら》われていた。母が私を探しに行っているのなら、私は私でその母を探しに行かねばならないといった気持だった。私は北海道の旭川で生まれたが、旭川には三ヵ月居ただけで、母に連れられて郷里の家に帰っている。母の行動が、その時代の幻覚によるものとすると、私は一歳であり、私が一歳であるなら母は二十三歳である。

　私は嬰児の私を二十三歳の若い母親が探し求めて、深夜の月光の降る道を歩いている一枚の絵を瞼《まぶた》に描いていた。私の瞼にはもう一枚の絵があった。それは還暦を過ぎた私が八十五歳の老いた母親を探し求めて同じ道を歩いている絵であった。一枚の絵は冷めたいもので濡れ光っており、もう一枚の絵には何か凄《すさ》まじいものが捺《お》されてあった。この二枚の絵は、しかし、すぐ私の瞼の上では重なり合って一つの絵になった。そこには嬰児の私も居れば、二十三歳の母も居た。六十三歳の私も居れば、八十五歳の老姥の面を持った母も居た。明治四十年と昭和四十四年が一緒になり、その間の六十年という歳月が月光の中で収斂《しゅうれん》し、拡散していた。冷めたさも凄まじさも一つになり、鋭い月光に刺し貫かれている。

　昂奮が醒めると、私は自分が妻からの電話を受けとった瞬間、一つの錯覚を持ったことに気付いた。私が眼に浮かべた長野部落への道は、私の幼少の頃の道であった。小学校の頃毎日のように渓谷の川に泳ぎに行くために通った道であった。現在はその道に沿って小学校も建てられていれば、牛乳屋の牧場もできている。極く最近のことだが、文房具屋も確かその道に沿って出現している筈であった。

それはともかくとして、母はいま二十三歳まであと戻りして、その世界に生きているのだと、私は思った。母が二十三歳であるなら、叔父は十九歳の筈であった。渡米する二年前である。母があのように叔父の死を悲しんだということは、二十三歳の姉が十九歳の弟の死を悲しんだということになるのであろうか。

私は電話口に行き、こんどはこちらから郷里の家に電話をかけた。電話口には志賀子が出て来た。母はどうしているかと訊くと、睡眠薬を飲ませたので、いまは熟睡しているということであった。

「さんざん皆を驚かせておいて、ご本人は娘のような顔をして眠っています。薬のせいか、先刻まで高い鼾《いびき》をかいていましたが、いまは鼾もかかないですやすや眠っています。あすはまた早くからアメリカさんのところへ行くことでしょう」

志賀子は言った。

雪の面

N文学賞の選考委員会が新橋の料亭で開かれたのは十一月二十一日の夜であった。中堅作家O氏の作品に授賞が決まり、そのあとでくつろいだ酒宴の席が設けられたが、宴半ばで私は席を立った。多少風邪気味でもあり、何となく自家の書斎で落着いていたい気持もあって、自動車《くるま》で家に帰った。

居間でお茶を飲んで、すぐ書斎にはいった。書斎には寝床が敷かれてあったが、睡気のないままに机の前に坐った。「世界」と「文藝春秋」の二つの連載ものの締切が迫っていたが、それには明日から取りかかる予定になっており、その方は予定通り明日からの仕事にしたかった。私は中途半端な短い時間を、今夜行われたばかりの文学賞の選評執筆に当てることにした。どうせ二、三日中に書かねばならぬものであったから、先に片付けておこうと思ったのである。与えられている分量は一枚半だったが、受賞作家の作品について記しただけで一枚が終った。まだ多少の余裕はあったが、他の候補作には触れないで筆を擱《お》いた。

その時、郷里伊豆の家で母と一緒に暮している妹の志賀子《しがこ》から電話があった。電話口には妻の美津《みつ》が出たが、すぐ電話は書斎に切替えられた。母の容態が急に悪くなったので、いま医者を呼んで点滴して貰《もら》っているという志賀子からの報告であった。

「まあ、めったなことはないと思いますが、何しろあんな体ですから」

志賀子は一時間ほどしたらもう一度経過を報《しら》せると言って、電話を切った。時計を見ると九時を少し廻っている。

母は八十九歳の高齢であるが、二月の生れであるからあと三ヵ月足らずで、もう一つ齢を重ねることになる。この一年ほどどこが悪いということもないが、老衰で寝たり起きたりの生活が続いていた。元来が健康なのでまだ五年も十年も心配なさそうにも思われるし、風邪でもひくと、ひと堪《たま》りもなく死と繋《つな》がりそうな危うさも感じられている。

私は万一のことを慮《おもんぱか》って、妻の美津に早く寝に就《しんつ》いておくように言い、郷里からの電話は自分が受取ることにした。十時半頃、志賀子から二度目の電話があった。母は眠っているが呼吸が苦しそうなので、医師にずっと付添って貰っている。母のことなので、今夜をもちこたえれば、あすは何ということもなくなってしまうことであろうが、自分の見るところでは何となく今夜が心配である。志賀子は落着いていた。ただ声は平生の彼女に似ず低く静かであった。

私には母の身の上にこのように慌しく変事が起ろうとは思われなかったが、とにかく明朝くるまの手配がつき次第東京を発って、郷里の家に向うことにし、そのことを志賀子に伝えて、受話器を置いた。

私はすぐ帰省の支度にとりかかった。何日かは郷里の家で過すことになるであろうから、明日から取りかかる予定の二つの連載ものの執筆に必要な書物を鞄に詰めた。それからまたこの秋郷里の親しい人たちに依って、私の著書を収めておく建物が沼津の郊外に造られ、その開館式が二十五日に行われることになっていたので、それに出席する用意もして行かなければならなかった。そのための黒のダブルの洋服とシャツ類も鞄に収めた。

一時五十分に、志賀子からの三度目の電話があった。いま、おばあちゃんは息を引きとりました、一時四十八分でしたと、志賀子は言った。そして嗚咽《おえつ》が聞えた。その嗚咽が静まるのを待って、私は少し改まった口調で、母が長い間世話になったことの礼を述べ、母は兄妹の誰よりも、一番世話になった志賀子夫婦に最後まで看取《みと》られたことを悦《よろこ》んでいたことであろうと言った。妹に対する兄としての礼の言葉でもあり、慰藉《いしや》の言葉でもあった。そして万事は明朝自分が郷里に出向いた上のことにして、受話器を置いた。

私は妻の寝室に母の死を報せた。妻も眠っていなかったと見え、すぐ床を離れた。書斎に戻ると、電話のベルが鳴っていた。東京に居る末の妹の桑子《くわこ》からのものであった。声は案外確《しつか》りしていた。桑子には明朝八時にこちらに出向いて来て貰うことにし、私のくるまで一緒に郷里に向うことを打合せた。

私は居間で、妻が母の写真を仏壇に祀《まつ》り、焼香の準備をしているのを眺めながら、さて母は亡くなってしまったがと、そんな思いに揺られていた。どのくらい時間が経ってからであろうか、また書斎の方で電話のベルの鳴っているのが聞えた。電話を居間の方に切替えて、受話器を取り上げると、志賀子の声が聞えてきた。明日は、――と言ってももう何時間もないが、明日は通夜、本来なら明後日が葬儀ということになるが、あいにく明後日は友引なので、葬儀はその翌日二十四日に執り行うことになる。そういったことを報せて来た電話でもあり、そのように取計って支障ないかどうかを確めて来た電話でもあった。すでに母の枕許には親戚の者が何人か詰めかけていて、そうした人たちの間からそのような話が出た模様であった。志賀子は気が張っているのか、先刻とは異って、その声は確りしていた。私は妹に眠ることはできないであろうが、少しでも床に就いておくように言った。

その電話のあと、私は妻と明日一日の段取について打合せをした。明朝自分と桑子が先に出発すること。妻の方はそれぞれ一戸を構えている子供たちへの連絡もあれば、何日か家を留守にするその用意もあることなので、そうしたことをすべて片付けた上で、通夜の時刻に間に合うように東京を発つようにすること。それから何かと持物が多くなりそうなので、鞄類は先発する私のくるまに積み込む方が安全であろうということなど。

私は取りあえず自分の支度だけでもしておこうと思って、喪服類を鞄に詰め、あとは妻に任せることにして、ウイスキーの水割りを作り、それを持って書斎に引揚げた。母が亡くなって何程も経っていないのに、母の死は今やその後始末である葬儀へと切替えられようとしていた。自分の慌しい帰省も、母の死に馳《は》せ参《さん》じるというより、いつか母の葬儀を営むために出掛けて行くような、そんな恰好《かっこう》になっていた。

私は机の前に坐って、ウイスキーのグラスを口に運んでいた。母の死の報せを受けたその夜ぐらいは、母と子だけが持つ一生一度の対話があって然るべきであったが、そういう気持にはなれなかった。母は長く生きたが、とうとう亡くなってしまった。今はもう何も考えないで眠っている。もう再び覚めることなく、静かに眼を閉じ身を横たえている。そんな感慨があるだけであった。父は十五年前に八十一歳で他界したが、その時もその死の報せは同じこの東京の家の書斎にもたらされた。その夜も今夜と同じように机に向って夜の明けるのを待ったが、その時は私は子として父に語りかける言葉を、生前に交すべきであって、ついに交さなかった言葉の幾《いく》つかを拾っていたものである。しかし、今の母の場合は、そうしたことはなかった。母とは生前何もかも話しつくしてしまい、もう語るべき何ものも遺されていない感じであった。

八時半に桑子はやって来た。桑子の声がしたので書斎を出ると、桑子は居間で妻と立話をしていた。私がはいって行くと、桑子は、おばあちゃん、急でしたわねえ、こんな急だと知ったら、この前の日曜に行ってあげればよかったんですが、とそんな言葉で、桑子は己が母の死に対する悲しみを表現した。私も、志賀子も、桑子も、妻の美津も、みんな母のことをいつからかお母さんとは呼ばずに、おばあちゃんと呼んでいた。母の老いが深まり、老耄《ろうもう》が烈《はげ》しくなってから、自然にそのようなことになったのである。

私はゆうべ電話で、志賀子に母が長い年月世話になったことの礼を述べたように、桑子にも礼を言った。君にもずいぶん世話になったが、おばあちゃんも、まあ、ねえ、そういう言い方を私がすると、長煩《ながわずら》いしたわけではなし、あっという間に亡くなってしまって、でもこういうところはおばあちゃんらしいと思うんです、わたしはこれでのうのうとしましたよ、あんたたちは知るまいが、ここは特等席ですよ、――終りの方は母に代って言って桑子は眼頭を指で押えた。

私と桑子は慌しく朝食をすますと、何個かの鞄を玄関に出した。開館式用の洋服を入れた鞄もあれば、葬儀の喪服のはいった鞄もあった。仕事の方は他の時と違うので休載させて貰《もら》う以外仕方がなかったが、開館式の方は主催者側が方々に招待状を出してあったので、今となってはどうすることもできなかった。葬儀が二十四日、開館式が二十五日、気持の切替えがたいへんであったが、危いところで重ならなかったことをせめてものこととしなければならなかった。

結局、家を出たのは十時近くになっていた。くるまは東名高速道路にはいった。空は気持よく晴れ、富士が美しく見えた。

「おばあちゃんも、もう少しで九十歳のお祝いができましたのに」

桑子は言った。母は年が改まると、数え年で九十歳になった。息子や娘たちの間では母の九十歳の祝いのことが話題になっていたが、母の死の方が先に来てしまったのである。母の死の方が先に来たと言えば、大体、私も、家族の者たちも、桑子も、みんな二十五日の開館式に出席し、そのあと郷里へ廻って、母の許で一日二日を過す予定をたてていたのであるが、僅《わず》かのことでそれは果されなかったわけである。しかし、母にしたら、開館式か何か知らないが、そのついでに来て貰うんでしたら、あまり嬉しくはありませんよというところがあったかも知れない。こうしたことを桑子との話題にのせると、

「そうね、おばあちゃんはあんな性格でしたから、ついでてしたらお断りしますよなんて言いかねないわね。でも、お葬式の方はみんながおばあちゃんのために集るんですから、文句はないでしょう。きっと賑《にぎ》やかなお葬式が好きね。多勢集ったらご機嫌でしょう」

桑子は言った。御殿場に近づくあたりから、富士は右手に廻ったり、正面になったり、左手に見えたりした。山巓《さんてん》から裾《すそ》野まで完全に山肌が現れていたが、このような富士を見るのは初めてのことであった。

沼津近くなると、富士は右手に廻り、それから背後に廻った。空は青く澄みわたり、それに真綿でもちぎったような純白の雲が浮かんでいた。私は今年の五月から六月にかけて、イラン、トルコの旅に出ており、その時トルコ南部の空の青さと雲の白さを、心に沁《し》み入るような美しさで眺めたが、この日の東名高速道路で見る空や雲は、宛《さなが》らトルコの空であり、トルコの雲であった。母の死のために郷里の家に向かう

日が、このように気持よく晴れた日であることも、母らしい死の日の選び方に思われた。

私はこれまでに母の老いの姿を「花の下」、「月の光」と題する随筆とも小説ともつかぬ形の二篇の文章に綴《つづ》っているが、「花の下」における母は八十歳であり、「月の光」における母は八十五歳であった。従って母は「月の光」の時からなお四年以上生きて、こんど突然死に見舞われたわけであった。この晩年の四年のうち前半の二年は老耄も烈しく、依然として周囲の者をてこずらせ続けたが、後半の二年は体の衰えと共に、老耄そのものも何となくエネルギーを失った感じで、頭の毀《こわ》れていることに変りはないにしても、ひと頃では信じられぬような静かな明暮《あけくれ》が母の上に訪れていた。その点では母も救われ、息子や娘たちも救われたと言うことができた。

「月の光」において、私は、母が己が歩んで来た人生を七十代、六十代、五十代というように手許から順々に消して行き、とうとう十代から二十代の初め頃までの年齢に立ち戻ってしまったというようなことを綴った。「月の光」の時から一年ほどして、母は東京に来て、二十日間ほどを私の家で過したことがあった。郷里で母の面倒を見ている妹の志賀子の方に、どうしても家を空けなければならぬ用事ができ、その間私の方で母を引取ることになったのである。

寒い季節であったが、寒気のゆるんだ頃を見計って、妻の美津と、前年大学を卒《お》えた末娘の芳子《よしこ》が、母を連れに郷里に向った。二人は郷里の家に一泊して、翌日母をくるまに乗せて東京に戻って来た。

母は郷里を発つ時は機嫌がよく、暫《しばら》く家を留守にするからと近所の人に挨拶《あいさつ》したりして、いそいそとくるまに乗り込み、途中も沿道の冬枯れた風光を楽しんでいるように見えたが、東京の家に着くと、居間に落着いて一時間経つか経たないかに、早くも郷里の家へ帰ることを主張し始め、結局それから二十日ほどの東京生活の間、毎日のように帰る帰ると言って、その気持を変えることはなかった。

午前中は頭が休まっているためか、その言い張り方も穏やかで、今日はそろそろお暇《いとま》しなくてはとか、ここに置いて貰っていればわたしも暢気《のんき》で結構な身分だが郷里の方も心配になるのでとか、その時々で尤《もっと》もらしいことを言った。午後から夕方にかけては、帰国の思いは一刻の休みもなく、烈しく母の心の中で荒れ狂い続けた。いつも誰かが母を見張っていなければならなかった。少しでも眼を放すと、母は小さい鞄を持って玄関に降り立った。言い聞かせても受付けなかったし、肩にでも手が触れようものなら、暴力でも加えられたようにいきり立った。家族の中で私には一番柔順であったが、午後の烈しく昂奮している時は、私の言葉にも耳を藉《か》さなかった。こうした時は私が自分の息子であることが解っているかどうか甚《はなは》だ怪しかった。

そうした一日が終り暮色が垂れ込め始める頃になると、漸《よう》く母は静かになった。時間的に帰国するのは無理だとでも思うのか、あるいは昼間の昂奮の疲れでも出るのか、憑《つ》きものでもおちたように静かな顔になり、寒いのに芝生の庭に出てみたり、私の書斎を覗《のぞ》いたりして、案外おとなしく風呂にもはいり、そのあと家の者と一緒に夕食の卓に向うのが常であった。

「おばあちゃん、たいへんだったね、今日は」

子供たちが言うと、

「どういたしまして、あんたたちの方がたいへんだった」

そんなことを母は言った。しかし、郷里に帰ることを忘れているわけではなかった。あすは一番で早く発つから見送って貰わなくていいとか、今夜のうちにご挨拶しておきましょうとか、あすは郷里でもさぞ多勢が大騒ぎして待っていてくれることでしょうとか、そんなことを言った。

「そんなに多勢、誰が待っているんでしょう」

と、美津でも口出ししようものなら、

「ここのお宅とは違いますよ。働く人だって多勢居るし、お庭も広いし、お風呂も温泉だから気がねなしにはいれる」

母はそんな嫌みな言い方をした。

「まあ、すばらしいのね、おばあちゃんの家！」

芳子が言うと、この方には言葉を和らげ、

「こんどはあんたも一度いらっしゃい。果物の木もたくさん植わっている。お勝手もここよりずっと広いし、井戸も二つある」

母は言った。こうした時の母の顔には幼女が自分の家を自慢しているようなところがあった。

夕食後は、母は絨毯《じゅうたん》の上に座蒲団を敷いて坐って、二時間ほど居間で過した。周囲の者の話に耳を傾けることもあれば、自分だけの世界にはいっていることもあった。そのうちに睡気を催《もよお》して、時々居眠りをし、その度に気付いては、ちょっとはにかんだ表情で着物の襟《えり》もとに手を持って行ったりする。母のこうした様子に気付くと、芳子はさっと立ち上がって行って、

「さあ、おねんね」

と、母の手を取る。母が拒否すると、

「だめ、だめ、さあ、おねんね」

芳子は器用に母を立ち上がらせ、半ば抱きかかえるようにして二階への階段の方へ連れて行く。母を寝かせつけるのは芳子の役目であり、彼女だけにできる特技であった。他の者がこんなことをしようものなら大変であったが、母は芳子だけには寛容だった。昼間母が昂奮している時は芳子でも手に負えず、却《かえ》って母は芳子に対しては邪《じゃ》慳《けん》な態度をとったが、就寝時には素直であった。私は芳子が母を寝かせつけるところを見たことはなかったが、時に芳子は今夜はうまく行ったとか、失敗したとか言いながら、就寝時の母について話すことがあった。

「ぱっぱっと素早くやるの。着物を脱がせ、寝巻きに着換えさせ、お蒲団の中に入れ、掛蒲団の肩のところを、上からぽんぽんと叩く。それから紙と、お財布と、懐中電灯を揃えて、それを一応おばあちゃんに見せてから、ここに間違いなく置きますよと言って、枕許に置くの。そしてもう一度掛蒲団の肩のところを、ぽんぽんと叩く。ぽんぽんと叩いて上げないと落着かないらしい。そして廊下に出て、電灯のスイッチをひねって部屋だけ暗くして、暫《しばら》くそこに立っているの。二、三分経っても、起きて来なかったら、もう大丈夫」

芳子はおそらく毎夜、そのようにして母を寝かせつけているのであろうと思われた。私は芳子のそうした話を聞くのは好きだった。そこには一組の祖母と孫娘が居た。

ある時、芳子は言った。

「おばあちゃんは私を何だと思っているか知っていますか。私、女中さんなの。どうも、そうらしい。しかも、自分より年上の侍女か何かと思っているらしいふしがあるの。甘えたり、憤《おこ》ったり、――そしてゆうべなんか、さんざん手をやかせておいて、ごくろうね、あんたも休ませていただき、ですって」

私たちは、母が自分で歩んで来た八十余年の生涯の長い一本の線を片方から順々に消しゴムで消すように消して行き、ついに十代か、二十代の初め頃の自分に返ってしまったという見方をして来ていた。しかし、そうした母に対する見方を改めたわけではなかったが、こんど東京へ来てからの昼間の母を見ていると、どうしても素直に母を、その年齢の母としては取扱いにくかった。帰国の思いに苛《さいな》まれている時の母は、世故にも長《た》けているし、その言動には取引きもあれば、駈引《かけひ》きもあった。母は比較的素直な時には十代か二十代初期の年齢に返り、何となくその頃の生活意識の中に生きているようであったが、素直で居られない時になると、ふいにそこに長い人生を生きて来た世俗の知恵が顔を覗かせた。

ただこうした母で、二、三年前と異っているところは、以前は十代の母の思慕の対象であったと思われる俊馬《しゆんま》、武則《たけのり》という二人の少年のことを、母は時々口にして子供たちにからかわれていたが、こんどはそういうことはなかった。子供たちの方から持ちかければともかく、自分の方から切り出すことはなかった。母の老いは深まり、幼い日の思慕の対象であった二人の少年の面影さえ、母の脳裡《のうり》で薄らいでいるかに見えた。

芳子が自分はどうも年上の侍女か何かに見られているらしいという話をするのを聞いた時、私は、母は素直な時には、すっかり祖父のもとで我儘《わがまま》いっぱいに育った幼時に戻っているのではないかと思った。俊馬、武則という二人の少年に思慕の情を持っていた十三、四歳から、更に母の年齢は降《くだ》ってしまったのである。だから少年たちのことも口にしなくなり、もっと年齢の降った幼い生活の中に生き始めたのであろう。

母が当時三島と郷里にそれぞれ診療所を持って、開業医として派手にやっていた祖父清司の許に引取られたのは、五、六歳の頃のことであったようである。祖父は子運に恵まれず家の跡継ぎとして夫婦養子をとっていたが、その夫婦養子に長女として母が生れると、母をひどく可愛がり、可愛がる余りに、母をその両親から取上げて、自分が住んでいる郷里の診療所の方に引取って育てることにしたのである。祖父はその頃早くも将来母を分家させ、聟《むこ》を迎えて、医家としての自分の跡を継がせる考えを持っていたようである。実際にまた後年そのようになったのであるが、いずれにせよ、母は祖父の盲愛のお蔭で多少異常と言える環境のもとに育っていた。母の性格の後天的なものはすべてこの時期に造られたようである。母は何事によらず自分が中心でなければ気がすまなかったし、自尊心が強く、人に奉仕されることを当然と考えるところがあった。しかし、母が生れつき持っている性格はその反対のものであった。同情心が強く、几帳面《きちようめん》でもあり、協調的でもあった。これらの相反するものは母の長い生涯で、その時々で母を支配して来ていた。母はある人には優しい印象を与え、ある人には邪慳な印象を与えた。ある人には自分本位な我儘な印象を、ある人には明るい社交的な印象を与えた。ただ一つ例外なく誰にでも見せている面は自尊心の強いところであった。

それはともかくとして、私は母が今までの年齢を一層下げて、祖父清司のもとに引取られて、何不足なく我儘いっぱいに育てられていた幼時に返ってしまったのではないかと思ったが、この想定にはどこかに明るさがあるというか、一種の救いがあった。母が戻った年齢が五、六歳か、七、八歳か知らないが、もしそうであるとすれば、母はこれから一層たわいなく、とりとめなく、そしてますます我儘になって行くであろうと思われた。息子の私としては、老耄が母をいかなる場所に置くより、この幼女時代に置いてくれる方が有難かった。母にとっては一生で一番仕合せな時期であったかも知れないし、そうした時期の生活感覚の中で生きてくれれば暗いじめじめしたところはない筈《はず》であった。昼間の母は、母自身も暗かったし、周囲の者全部の心も暗くしていた。たとい夜だけでも、おそらく驕慢《きょうまん》で我儘であったろうとは思われるが、多勢の人に大切にされていた幼女の頃の母に返って貰いたかったのである。

しかし、こうした私の期待を根本から突き崩すような事件が起った。母が東京に来て丁度半月ほど経った頃のことであるが、深夜私は書斎に母の訪問を受けた。母は寝衣姿で懐中電灯を持って、私の部屋を覗き、私が机に向っているのを見ると、そのまま一言も口から出さず帰って行こうとした。私は母に声をかけたが、ちょっと振り向いただけで、母は返事をしなかった。寝惚《ねぼ》けているとしか思えなかった。私はすぐ母を二階の寝室に連れて行った。そして寝床の中に入れようとしたが、諾《き》かないでまたどこかへふらふらと歩き出そうとした。私は自分の手に負えないと思ったので、廊下を挟んで向い合っている部屋に寝《やす》んでいる芳子を起した。この騒ぎで、芳子のほかに、芳子の二人の兄たちも起き出して来た。二人共二、三年前から社会に出ている年齢である。深夜期せずして、母の寝床を取り巻いて家族会議が開かれた恰好であった。

「今夜はお父さんのところか。ゆうべは僕のところへ来た。寝ているところを上から懐中電灯で照らされたのには驚いた。ぞうっとした」

次男が言うと、

「俺など何回もやられている。おばあちゃんは夜中に眼を覚ますと必ず俺の部屋にはいって来る。隣りだからな。そして懐中電灯で部屋のあちこちを照らし、ベッドに近付いて来ると、俺の顔を覗き込み、それから出て行く。初めはトイレが判らなくなったのではないかと思ったが、そうじゃないんだ。俺の部屋から出ると、自分でちゃんとトイレに行き、それから自分の部屋にはいって寝てしまう。トイレに行く途中に、俺のところに立ち寄るんだな」

長男は言った。

「居るか居ないか、心配して見てあげているのよ」

芳子が言うと、

「冗談じゃないよ、俺は勤めがあって朝早いんだからな。お前のところへは行かないのか」

長男は言った。

「一度来たわ。でも、そのあとは来ない」

「来ないんじゃなくて、眠っていて知らないんだろう」

次男が言った。それから息子や娘たちは、母は寝惚けているのだろうとか、夢遊病というのがあるがそれではないかとか、幻覚に動かされているのかも知れないとか、いろいろな意見を開陳《かいちん》した。

「いずれにしても夜中に起こされることは困るよ。この間は、おばあちゃん、懐中電灯を落したんだ。いっしょになって探してやったが、どうしても見付からない。もしやと思ってベッドの下を覗いてみたら、そこにあった。懐中電灯までふらふら動き出したんだな」

長男が言った。と、その時、

「まさか」

突然母の声が割り込んで来た。みんな母の方に顔を向けた。

「懐中電灯がひとりで動き出したりするもんですか」

母は芳子に丹前《たんぜん》を羽織らされて蒲団の上に坐っていた。母は自分が階下に降りて行ったことはすっかり忘れているので、さっきから自分が話題の中心になっていることが甚だ心外でもあり、不満でもあるような面持ちであったが、長男が言ったことがそこだけ耳にはいり、それがよほどおかしかったのか、突然話の中に割り込んで来たのである。母は一瞬前までのぼんやりした表情とはまるで違った明るい顔を見せ、口辺には娘のような邪気のない笑いを浮かべていた。みんなすっかり毒気を抜かれた恰好だった。母はすぐ芳子の手で寝床の中に入れられ、私や息子たちもそれぞれ自分の部屋に引揚げた。母が解散命令を出したようなものであった。

それから二、三日して、もう一度深夜、母は私の部屋にやって来ようとした。その時も私はまだ机に向っていたが、母が隣りの応接間の絨毯を踏んで来る跫足《あしおと》を耳にした。私はすぐ立ち上がって行って、応接間を覗いた。向うの玄関へ通ずる扉が半開きになっていて、階段の電灯の光でもはいっているのか、その辺りだけ調度の形をぼんやりと浮かび上がらせてはいたが、応接間全体は闇《やみ》に包まれていると言ってよかった。その闇の中に母は懐中電灯を持って立っており、その背後に青いガウンを纏《まと》った芳子が、この方は睡《ねむ》くてふらふらしながら立っている。

「お化けだな」

私は思わず口に出して言った。実際に洋風の広間のまん中に立っている二人は、私には魂魄《こんぱく》でも浮遊しているかのように見えた。私は先年中国に行った時、上海の上海劇場で〝情探〟という芝居を見たが、その中に竜王と、お供の侏儒《しゆじゆ》と、主人公の女の魂魄とが雲に乗って、長江沿いに都へ天翔《あまが》けて行く場面があった。母が懐中電灯の光で書斎への入口を探しているところは、侏儒が長い棒の先に燐火《りんか》を燃やして、それで下界を窺《うかが》っているのに似ており、芳子の方はガウンの青い色の加減か、魂魄だけになって立っている女に見えた。

「たいへんだな」

私は芳子に言った。

「睡いのに起されちゃって！　自分の部屋に戻るかと思っていたら、階段を降り出したの。棄てておけないでしょう、危くて」

そして、

「お母さんの部屋を覗き、それからここ」

芳子は言った。

「誰かを探しているのかな」

「そんなのではないと思います。淋しいんでしょうか。夜中に眼を覚まして、ここは自分の部屋ではないと思うんじゃないかしら。ここも違う、ここも違う、そう思いながら、次々に部屋を廻っているような気がします」

芳子は言った。私は二階に母と娘を送って行ってから、眠れそうもなかったので、書斎にウイスキーの瓶を持ち込んだ。そして老耄の母の中で、母に深夜このような行動をとらせるものは何であろうかと思った。芳子の言うように、あるいは郷里の家の自分の寝室でも探しているのかも知れなかったし、すっかり幼時に戻ってしまって、幼い心で何ものかを求めて迷っているのかも知れなかった。何日か前に考えた驕慢な幼女などどこにも居なかった。淋しくて暗い母の姿であった。幻覚とか夢遊病者とかで片付けてしまえばそれまでであったが、母の行動には、正常ではないにしても、何か一本一途なものが走っているように思われてならなかった。こうした母の姿を見てしまった以上、私はもう母をこのまま棄てて置くことはできない気持がした。

結局、母は東京の生活を二十日ほどで打切って、郷里に帰ることになった。母を連れて来た時は少くとも一ヵ月ほどは母を預ってやりたいと思っていたのであるが、母をこれ以上東京へ置くこともどうかと思われ、志賀子の方に都合をつけて貰って、母の東京滞在を予定より早く打切ってしまったのである。母には出発する日の朝まで帰国のことは知らせなかった。帰国する二、三日前に書斎の横手の梅が白い花を着けたが、母はそれを見て、それが刺戟《しげき》になったのか、郷里の家の梅林のことばかりを口にした。なにしろ土蔵の裏手の方は一面の梅林ですからね、紅梅もあれば白梅もある、それが一緒に咲いて今頃はさぞ見頃でしょう、と同じことばかり繰返しては言った。

一度言ったことをすぐ忘れるので何回でも繰返すことになる。梅林と言えるようなものではなかったが、大正の初め頃まで郷里の家の庭に梅樹が多かったことは事実である。ただ現在はその中の何本かが残っているだけで、土蔵もなくなってしまっている。

その梅林のある郷里の家へ、母はついに向かうことになったのである。私と、前夜から泊りがけで来ている桑子とが付添った。比較的頭の確かな午前中のドライブだったので、くるまの中で母は上機嫌だった。これからどこへ行くか知っていますかと桑子が訊くと、そんなことは知りませんよ、頭が惚《ぼ》けるということは困りものですね、大方郷里へでも帰るんでしょう、母は明るい笑顔で言った。本当にどこへ行くか判らなくなっているのか、あるいはその程度のことは承知していて恍《とぼ》けているのか、そういうところは私にも桑子にも見当がつかなかった。

郷里の家に着くと、母はさすがに嬉しそうで、家の内部をあちこち歩き廻っていたが、昼食後私と一緒に庭に降り立った頃は、もう今日東京から帰って来たのだということははっきりしていなかった。廃園めいた庭のあちこちに数本の梅の木がちらばっていて、紅梅もあれば白梅もあったが、いずれも老梅になっていて、着けている花も少く、赤い色も、白い色も冴えていなかった。母は東京であれだけ烈しく追い求めていた郷里の家の庭をいま歩いていた。同じ郷里の家の庭ではあったが、母が東京で自慢していた庭とはかなり異ったものであった。母はおそらく幼い日に自分の心に刻まれた郷里の家の庭を自慢したのであり、そこに帰ることを強く、烈しく望んでいたのであろうが、それは果せなかったのである。おばあちゃん、梅林、梅林と言っていたが、梅林もなくなってしまったね、私が言うと、母はそうねと頷《うなず》いて、今はもうだめですねと言った。しんみりした言い方だった。どこまで口に出していることが確かであるか判らなかったが、そうした母の言葉には多少廃園の中に立って、この家の遠い盛時を偲《しの》んでいるといったところがあった。

その夜、私は志賀子夫婦に、東京における母について一応かい撮《つま》んで報告した。そうした話の中で、母の深夜の行動に触れると、

「それはここでも同じですよ。まだひと晩に一回なら、おばあちゃんは遠慮していたんでしょう。ここではひと晩に二回も、時には三回も起き出して来て、私たちの部屋を覗き、それから台所に行き、納戸《なんど》を抜け、廊下を通って、自分の寝間に戻るんです」

志賀子は言った。こうなると、母が郷里の家の自分の寝間でも探しているのであろうという芳子の想定は成立しなかった。一体何のために夜中に歩き廻るのであろうか

ということが話題の中心になった。

「なんでしょうねえ。以前はこんなことはなかったんですが、一年ほど前から――。私は初め戸締りが気になっているんではないかと思ったんですが、どうもそうではないらしいんです。最近は、おばあちゃんが子供になって母親でも探しているんじゃないか、そんな気がしてなりません。部屋を覗いて、私を見ることは見るんですが、お前じゃない、そんな感じで、ついと眼を放して出て行ってしまいます。東京でもそうだったでしょう。夢中で親を探している子供はよくあんな眼付きをします」

そう言われてみると、私も二回の母の深夜の訪問で、そうした母の眼にぶつかっていた。私を見ても、私を見たとは言えなかった。ちらっと眼を当てただけの感じで、すぐ突放してしまう。なるほど子供が夢中になって母親を探している眼だと言われれば、そういうものかも知れないと思われた。毎晩母の訪問を受けているだけに志賀子の母の見方には、私などの気付かないはっとするようなものがあった。

「僕は多少志賀子とは違うんです」

と、志賀子の夫の明夫《あきお》が言った。

「やっぱりあれは母親が子供を探しているんじゃないですかな。いつか、嬰児《えいじ》のあなたが居なくなったと言って戸外に飛び出して、大騒ぎしたことがあったでしょう。夜中の徘徊《はいかい》もあの頃から始まっていますし、やはり子供でも探している気持になって歩き廻っているんじゃないですかね。前の事件の時は、あなたの名を口にしていたので、生れたばかりのあなたを探しに行ったのかも知れませんが、今は違うと思いますね。特定の子供ではなくて、何となく子供というものを探しているんじゃないですか、母猫が子猫を探すように。どうもそんな気がします。大体子供が母親を探す場合は哀れさがあると思うんですが、おばあちゃんの場合は、哀れさなんていうものではなくて凄みがある。あれは、母親が子供を探している顔ですよ」

明夫は明夫で、やはり毎日母と付合っている者だけの持つ見方をしていた。

「でも、おばあちゃんだって凄いばかりでなく、哀れさもありますよ。私はおばあちゃんの歩き廻っているところを背後から見ると、哀れさの方が先に来ます。私はやはり子供になって母親でも探しているんじゃないかと思う。それに、どちらでもいいと言うのなら、私はおばあちゃんに相なるべくは子供の方になって貰いたい」

志賀子が言うと、

「そうね、子供の方になって貰った方が始末はいいわね。それにしても一体、どっちなんでしょうね。子供になって母親を探しているのか、母親になって子供を探しているのか、――当のおばあちゃんに訊いてみる以外判らないことだけど」

桑子は言った。

「それが、当人に訊いても判らないから困るのよ。──わたしは知りませんよ、そんなことをした覚えはありませんよ」

志賀子は母の言い方を真似て言った。

「そうね。おばあちゃんは知らないでしょうね。自分も知らないことを、おばあちゃんはしているということになる。私は、どうも、あれ、おばあちゃんの魂が体から脱け出して、ふらふら歩き廻っているとしか思えません。ゆうべ東京で、おばあちゃんと一緒の部屋に寝たんですが、おばあちゃん夜中に起き出したんです。たまだから付合ってあげようと思って一緒について行ったんですが、あれは、どうしても魂だけがふらふら歩き廻っているみたい。ふらふら歩き廻っていると言っても、風に吹かれてどこへでも流れて行くといったようなものではなく、やはり何となく何かに動かされているみたい。おばあちゃん自身は知らないで、他のものがおばあちゃんを動かしているみたい」

「気持悪いことを言わないで下さいよ」

志賀子が言うと、

「もうやめましょう。こんな話をしていると、何だか淋しくなるわ。おばあちゃんが可哀そうになってくる」

桑子は言った。みんな桑子と同じ気持だったらしく、母の話はこれで打切られた。

私は、桑子が母の魂は何かに動かされているみたいだと言った時、それに対して、もしそういう母の魂を動かすようなものがあるとすれば、それは本能のようなものではないかと言おうとして、確かに話が暗くなるなと思ってやめたのであった。母が可哀そうになることも、こちらの気持が淋しくなることも確かであった。

志賀子の言うように、母は子供になって母親を探しているのかも知れなかったし、明夫の言うように、若い母親になって子供を探しているのかも知れなかった。あるいはもっと他のことを求めて、幼い母がさ迷っているのかも知れなかった。しかし、いずれにしても、桑子の言うように、それは母自身の知らないことであって、母は自分では何も知らないでやっていることに違いなかった。そうすると、そうした母を動かしているものは一体何であろうかということになるが、それを本能か、本能と言わないまでもそれに近いものとするなら、一応の解釈はつくように思われる。母親が子供を探すのも、子供が母親を求めるのも、もともと生れながらに母が持っているもので、そうしたものが老耄の母の肉体と精神の中に今も失われないで遺《のこ》っていて、夜毎母をあの不思議な行動へと駆り立てているかも知れないのである。こういう考え方をすれば、その実態は何か判らないにしても、母の深夜の行動は説明できないではなかった。

曾《かつ》て何年か前に、母が人間と人間との関係において、愛別離苦というものだけにしか心を動かされないように見えた一時期があったが、現在の母はそうしたものにさえも心を動かされることはなくなってしまっているように見受けられる。母の老耄は更に進み、母は今や己が衰えた精神と肉体のどこかで燃えている本能の青い焔《ほのお》のゆらめきだけに身を任せるようになってしまっているのであろうか。しかし、そういうものであるかも知れなかったが、いまの母をそのようなものとして考えることは堪《たま》らなく遣《や》り切れないことでもあり、暗いことでもあった。息子や娘たちにふいに母の話を中止させるだけのものはあったのである。私ばかりでなく、明夫も、志賀子も、桑子も、それぞれの感じ方で母の老耄の中に青い焔の燃えているのを見ていたのではないかと、私には思われた。

その夜、母は久しぶりで郷里の家で眠ったためか、もう帰る帰ると言わないでもすむようになったためか、珍しく深夜起き出さないで眠った。

志賀子から手紙で、次女のお産が近付いたが、初産なので自分の手許に引取ってやりたいと思っている。自分も妊婦とおばあちゃんの二人の世話では手が廻りかねるので、お産の前後二十日間ばかり母を預って貰えないかという連絡があったのは、私が郷里の家の二階で、老耄の母に本能の青い焔が燃えているのではないかと思った時から一年三ヵ月経った翌年の六月の初めであった。この一年三ヵ月の間に私は何回か帰国していたが、母はずっと同じような状態を続けていた。頭が比較的冴えている時もあれば、ひどく毀れている時もあった。相変らず母は深夜郷里の古い家の中を歩き廻っていた。明夫も、志賀子も、もはや子供が母親を探しているとも、母親が子供を探しているとも言わなかった。惚けるということは困ったものね、わたしはおばあちゃんの娘だから、おばあちゃんみたいになりかねないと思うの、それが心配、そんなことを志賀子は言っていた。

六月の中頃、こんどは私と美津が母を連れに郷里に向った。私たちは郷里の家に二泊して、母の現在の状態を自分の眼で見たり、志賀子夫婦から聞いたりして、一応受入知識を具《そな》えた上で、三日目の朝、母をくるまに乗せた。母をまん中にして、私と美津がその両側の席を占めた。母はどこが悪いというわけではなかったが、くるまに乗せてみると、体はひと廻り小さくなっていて、何となく頼りなく思われた。くるまは狩野川沿いの道を走って三島に出、沼津のインターチェンジから東名高速道路にはいった。沼津のインターチェンジのところと、高速道路の厚木附近とで、二回ドライブ・インで休んだ。がらんとした大衆食堂の一隅に置いてみると、母はひどく小さく見えた。二回とも母はアイスクリームを小さいスプーンですくっては、その度に、おいしいものねと、初めてそれを口にしたかのような言い方をした。これが郷里の家を出て、東京の家に着くまでに母が自発的に口から出した言葉のすべてであった。

東京の家に着くと、母は見知らないところに連れて来られたといった面持ちで落着かないらしかったが、この前のように帰る帰るとは言わないで、家の者たちの言うことに素直に従った。風呂にもはいり、みなと一緒に夕食の卓にも着いた。ただ母はいかなる食べものに対してもおいしいとは言わなかった。誰かがおいしいでしょうと言葉をかけると、そうねと、そんな返事をした。もうこうなったら仕方がないから文句を言わないで居てあげますよ、そんな風に母は多少不貞腐《ふてくさ》っているように見えた。その晩は早く寝床にはいり、朝まで熟睡した。母の寝室の襖《ふすま》一つ隔《へだ》てて、隣室に芳子が寝た。

郷里の志賀子の話では、このところ母の深夜の徘徊は以前ほどではなくなり、一晩に二回も三回も起き出すようなことはめったになく、起き出しても一回であるということであった。そして時には全然起き出して来ないこともあった。そういう夜は志賀子の方が起き出して行って、母の寝室を覗かなければならず、どちらにしてもたいへんなのと、志賀子は言った。

東京へ来てからの第二夜も第三夜も、母は他の部屋を歩き廻ることはなかった。深夜眼覚めても、芳子を起して、トイレに行くだけであった。芳子に言わせると、母は前と同じように深夜ふらふら歩き廻りたいらしいが、どこを歩いていいか見当がつかなくなっているのではないかということであった。この前の時に較べると、それだけ母の体力は衰えていた。どこでも構わないから歩き廻るという烈しさはなくなっていた。

母が東京へ来て四、五日した頃、

「もしかしたら、おばあちゃんは監禁でもされていると思っているんじゃないかしら、それで歩き廻ることを諦めてしまっているのかも知れない」

芳子は新しい見解を陳《の》べた。母はその前夜、夜半トイレに行った帰りに、次男の寝室の前に立って、その扉の把手《とって》に手をかけたが、たまたま内側から鍵がかけられてあって、扉は開かなかった。すると母は、その扉を瞬間自分の部屋の扉とでも錯覚したのか。もうどこへも出しては貰えないのねと、ひとり言のように芳子に囁《ささや》いたということであった。

「わたし、たいして気にしていなかったけど、おばあちゃんは時々、同じようなことをしていると思うの。そしてその度に、自分は閉じ込められてしまっていると思うんじゃないかしら」

芳子は言った。私は母に夜毎そういう錯覚を持たせることは痛ましい気がしたが、しかし、それで母が自ら深夜の徘徊を封じるなら、その点は我慢して貰わなくてはなるまいと思った。

昼間の母はこの前の滞在の時と同じように、日に何回となく郷里の家に帰ることを主張したが、その主張の仕方には何となくエネルギーが感じられなかった。思い出しては、帰る帰ると言ったが、いつも居間の畳の上に坐っての主張であって、めったに玄関の土間にまで降り立って行くようなことはなかった。ここにも母の体力の衰えが感じられ、体力の衰えと共に、老耄もまたその迫力を失っているかのように見受けられた。時に怒りの感情を露《あら》わに顔に出したり、口に出したりすることはあったが、大抵の場合、自尊心を傷つけられたと思われる場合であった。ただその自尊心の実体がはっきりしなかったので、その点周囲の者は取扱いが厄介《やっかい》であった。言い聞かしても、説明しても解らなかった。しかし、そういう時、私には、母が祖父の許で我儘に育った驕慢な幼女としていま生きているということがよく判った。おばあちゃんの分らず屋！　誰かが言うと、母は両手をきちんと膝の上にのせている姿勢で、いかにも相手を蔑《さげす》むような表情で顔をつんと横に向けた。そういうところは五歳の私の孫娘に似ていた。

まあ、この程度のことはあったが、このくらいの母なら一ヵ月でも、二ヵ月でも、さして苦労なしに預かることができるのではないかと、私たちは話し合った。例年七月の初めに軽井沢の山荘を開けることになっていたが、今年はそこへ母を連れて行けないものでもないと、私も思い、美津も思った。あるいは軽井沢に移したら、何年か前の軽井沢生活の時とは違って、母は案外軽井沢の落葉松《からまつ》に取り巻かれた静かな山荘の生活を楽しむのではないかと、二人の息子たちも言った。芳子だけが反対した。

「考えてごらんなさい。この前だってたいへんだったでしょう。あの時に較べると、おばあちゃんの耄碌《もうろく》はもっとずっと進んでいるのよ。静かでいいとか、涼しくていいとか思うものですか。そうした感情はすっかりなくなっているの。わたしたちが思いも寄らぬことをおばあちゃんは考えたり、感じたりして生きているんだから」

芳子が言うと、他の者は黙らざるを得なかった。母を主になって世話をしているのは芳子であり、現在の母を、少くとも夜の母を一番よく知っているのは芳子であったからである。

実際にまた母を軽井沢に連れて行くのは、考えてみれば無理な話であった。問題は往復の乗りものであった。列車で連れて行くことは、駅の雑踏などを眼に浮かべると、母の弱った神経には耐え難いことに思われたし、くるまでの四、五時間のドライブもまた母の衰えた肉体には苛酷《かこく》であるに違いなかった。

一週間、十日と、母の東京滞在は予想外にうまく運んでいた。母が本能の青い焰のゆらめきに烈しく身を任せないだけでも、郷里の家に居るよりは寧《むし》ろ母にとってはいいことではないかという気がした。母は子供を探し廻る狂乱の若い母親にもならなければ、母親の姿を追い求める哀れな子供にもならなかった。しかし、考えてみるとそれは母にそうした衝動がないということではなかった。深夜ふらふら歩き廻りたくても歩き廻ることができないだけの話であって、そう思うと、母にはまた別種の哀れさが感じられた。居間の隅に口数少く坐っている母の姿には、いくら母親を探し廻っても、ついに見付けることができないで諦めてしまった幼女の哀れさもあれば、同じようにわが子を探し廻って、ついに諦める以外仕方なくなってしまった若い母親の哀れさもあった。私には母の顔は、そうした孤独な子供の顔にも見えれば、孤独な母親の顔にも見えた。子供の顔にも、母親の顔にも見えた。子供にすれば子供の顔に見え、母親にすれば母親の顔に見えた。

東京へ来てから半月ほど経った頃、私は母を書斎に迎えて、芝生の庭に面した縁側の椅子に向かい合って坐ったことがあった。遅い朝食をすませたあとで、十時を少し廻った時刻であった。私は仕事にはいる前の短い時間を、母と一緒にお茶を飲んで過そうと思ったのである。芳子が母に薄い煎茶《せんちゃ》を、私に濃い煎茶を運んで来た。私がお茶の茶碗を取り上げた時、それまですぐそこに見えている私の仕事机の方に視線を投げていた母が、ふいに、

「この間までそこで毎日書きものをしていた人は亡くなりましたね」

と言った。そこで書きものをしていた人というのは私以外の人物であろう筈はなかった。

「いつ亡くなったの？」

私は母の顔に眼を当てたままで訊いた。母はちょっと考え深そうな表情を見せていたが、幾らか自信のなさそうな言い方で、

「亡くなってから三日になりますか、多分今日は三日目でしょう」

と言った。私は自分が亡くなって三日目になるという自分の書斎を見渡した。部屋は手をつけられないほど乱雑を極めていた。書棚にはやたらに書物が詰め込まれてあり、畳の上にも幾つかの書物の山ができていて、そのあるものは崩れたり、崩れかか

ったりしている。そしてその書物の山と山との間には旅行鞄が二つ、段ボールの箱が三つ、それから分散しないように紐《ひも》で結んである幾つかの資料の束などが置かれてあった。資料の束は自分のものもあれば、人から借りたものもあった。それから窓際の棚にも書類やら紙袋やら雑誌などが、これも乱雑に積み重ねられてあり、私と母が椅子に腰掛けている廊下もまた雑多なもので手がつけられない状態になっていた。これで自分が亡くなっては、遺族の者は後片付けにさぞたいへんだろうな、と私は思った。

私の眼はそうしたところを順々に嘗《な》め廻《まわ》してから、仕事机の上で留まった。机の上も乱雑になっているが、まだ仕事に取りかかっていないので、半分ほど何も置かれていない場所ができていて、そこだけがいやにさっぱりした感じに整頓《せいとん》されてあった。手伝いの小母《おば》さんが上に載っていたものを片隅に押しのけ、そこだけに布巾をかけたのである。そしてそのこざっぱりした空地には、まだ一本の吸殻もはいってない灰皿が二個、インキ壜《びん》と並んで置かれてあった。私は多少の感慨を以て、その前に坐る人のなくなった机の上を眺めた。

「三日目か」

私が声に出して言うと、

「ね、まだ多勢の人が見えているでしょう」

母は言った。

「なるほどね」

私は言った。そして、なるほど主人が亡くなって三日目の騒がしさが、いまこの家の内部を占めていると思った。隣りの応接間では美津が銀行の人らしい二、三人の客と話していて、その声が聞えており、居間の方には、声こそ聞えなかったが、ゆうべから泊っている美津の妹の家族四人が外出の支度をしている筈であった。そしてその親戚の家族を迎えに来ているもう一組の若い夫婦者も居た。また庭の隅の方では車庫のシャッターの破損を直しに来ている建築会社の若い社員二人が、手伝いの小母さんと立話をしている。この方は書斎の縁側の椅子に腰を降ろしている私の視野の中にもはいっている。

この時ふと、母はいま状況感覚の中に生きているのではないかという、そんな思いが私を捉《とら》えた。状況感覚というような言葉があるかどうか知らなかったし、またそうした言葉が適当かどうか知らなかったが、いまここには、母にこの家の主人が亡くなって三日目であるということを思わせる幾つかの感覚的データがあると思った。私の仕事机は、そこに坐る人が坐らなくなって三日経ったぐらいの整頓さを見せていたし、家には主人が亡くなって丁度三日目ぐらいはかくあろうかと思われるくらいの人の出入りがあった。まだこの他に、私には気付かれないが、母は同じようなデータを幾つか拾っているかも知れなかった。そしてそうしたデータによって、母は自分だけの世界を造り上げ、そのドラマの中に生き始めているのではないか。少くとも、いま母は主人が亡くなって三日目のこの家に生きているのである。悲しむこともできるし、喪に服することもできる。自分自身の造り上げたドラマの中で、母はいかなる役割をも受持つことができるのである。

このように考えると、母の老耄の世界は、急に私にはこれまでとは少し異ったものに見えて来た。母は朝食を摂《と》って何ほども経たないのに、やがて夕方がやって来ると思い込むこともあったし、その反対に夕方を朝と取り違えたりすることもあった。しかし、朝であろうと、夕方であろうと、母に感覚的に朝と感じさせるものがあるとすれば、それは母にとっては朝なのであり、夕方と受取らせるものがあるとすれば、それは母にとっては夕方である以外仕方ないものであった。

私は母と向かい合ってお茶を飲んでいたが、私は母に、おばあちゃん、えらいことを始めたね、こんどは本当に自分だけの世界を生き始めたんだね、そんな言葉をかけてやりたい気持になっていた。確かに他の誰にも通用しない自分だけの世界であった。母が自分の感覚で、現実の一部を切り取り、それを再編成した世界であった。しかし、母に言わせれば、そんなことは今に始まったことではなくて、ずっと前から自分はそのようにして生きていると言うかも知れなかった。夕方を朝と間違えたり、朝を夕方と取り違えたりするのは、何年も前からのことであったからである。

この事件はこれで終ったが、これに似たことで、もう一つこういうことがあった。七月の初め、美津は手伝いの小母さんと二人でたくさんの荷物をくるまに積み込んで軽井沢に出掛けて行った。山荘を開けるだけ開けて、いつからでも本格的に移り住めるようにしておくためであった。その出発間際に、母は玄関の土間に降り立った美津に、

「あなたにちょっとお話がある」

と言った。改まった言い方だった。美津が再び家にはいろうとすると、母は、それではおもてで話しましょうと言って、自分の方が下駄を履いて、先に玄関を出た。母は門の方には行かないで、裏木戸を開けて庭に廻った。美津は母のあとに随《したが》った。母は庭の隅のライラックの株の横手まで行って、

「あなたにいつか一度話しておこうと思っていたことですが」

と、前置きしてから、

「郷里で私と一緒に住んでいる女の人は本当は血の通っていないよその人です。このことを、あなただけに承知しておいて貰った方がいいと思って」

と言った。母の美津への用件というのはこれだけだった。私はこの話を、翌夜軽井沢から帰った美津の口から聞いた。

「おばあちゃんは真顔なんです。本当にこれだけは誰にも言わないことだが、あなたと別れるのであれば、もう再び機会がないから、いまあなたに言っておこうといった調子なの。郷里で一緒に住んでいる人と言えば、志賀子さんでしょう、可哀そうにあの人、おばあちゃんの長女なのに血の通っていない他人にされてしまって」

美津は言った。この時、私は自分が死者扱いにされてしまった場合と同じだと思った。私の方は亡くなった人間にされてしまったが、美津の方は母から別れて行く人間にされてしまったのである。その日、朝から美津が軽井沢行きの支度をしたり、軽井沢の山荘を管理してくれている人に連絡の電話をかけたり、何かと忙しくしていたので、母は美津がどこか遠くへ旅立って行き、もう二人は容易なことでは再会できないといったような、そんな別れの印象を受取ってしまったのであろうと思う。出立前に美津は仏壇の掃除をしたというから、あるいはそんなことも、母に特別の働きかけ方をしたかも知れないし、美津はまた二組の訪問客と玄関で立話をしたそうであるが、そういうことも、私たちの想像のできない刺戟を母に与えていたかも知れない。いずれにしても、母は自分から別れて行く美津のために、母としては為すべきことを為してやったのである。ここでは母は自分が制作したドラマの中に、自分自らが一つの役割を持って登場しているのである。

それから二、三日してから、こうした母のことが居間の話題に取り上げられた。その時芳子は数年前に自分が経験した京都の祖母の話をした。京都の祖母というのは美津の母のことで、先年八十五歳の高齢で他界しているが、亡くなる半年ほど前に、暫く東京の私の家に居たことがあり、芳子の話はその時の祖母に関してのことであった。ある時、家の者の居ない時を見計って、祖母は五百円紙幣一枚を芳子に手渡そうとしたという。

「わたし、要らないと言ったんですが、結局受取らないわけには行かないの。何と言ったらいいか判らないけど、その時のおばあちゃんの眼といったら、必死なの。縋《すが》りつくような眼、どうか受取ってくれというように懇願《こんがん》している眼なの。どうしても受取らないわけには行かないの。もし受取らなかったら、おばあちゃんは泣き出してしまったと思うわ」

芳子は言った。この話を芳子から聞くのは初めてであったが、京都の祖母も母ほどではないにしても、その晩年にははっきりと耄碌の兆《きざ》しがあった。耄碌している老婆というものは同じような世界に生きているものだと、私は思った。京都の祖母がいかなるドラマを自分の周囲に組立てていたか知らないが、彼女もまた母と同じように、その時外部の誰にも判らない世界に生きていたに違いないのである。

「同じようなことだが、伊豆のおばあちゃんと京都のおばあちゃんでは大分違う。伊豆のおばあちゃんの方は、おやじを死者にしてしまっているし、おふくろの方は自分から別れて行かせている。どこか意地の悪いところがある。京都のおばあちゃんの方は、その点は素直だよ。伊豆のおばあちゃんなら、絶対に孫娘に小遣をやろうとはしないと思うんだ」

息子の一人が言うと、

「耄碌にも個性があるんだな。伊豆のおばあちゃんは新劇で、京都のおばあちゃんは新派だ」

他の一人が言った。

母の東京滞在は一ヵ月足らずで打切られた。志賀子の方から、お蔭で次女の方も安産で男の子が生れ、近く自分の家に引揚げることになっている。いつでも母を返して貰って結構である。このところ二晩続けて母の夢を見て、何となく気になっている。

そんな電話がかかって来た。私の方は私の方で、すでに軽井沢行きの時季になってお り、軽井沢に連れて行けないとすると、母を日一日暑くなる東京に置くわけには行か なかった。

郷里に母を送って行く役は桑子が引受けてくれた。そして桑子は郷里の家に母を送り届けて帰って来ると、

「おばあちゃんは、すっかりいいおばあちゃんになってしまいましたわね。でも、あまりいいおばあちゃんになられると、却って心配なものね。おばあちゃんは耄碌して何もかも忘れてしまったけど、最近は耄碌したことも忘れ始めたんじゃないかしら」

と言った。

それから七ヵ月ほど経った翌年の二月の終りに、母の米寿が子供や孫たちのごく親しい者ばかりの間で祝われた。母の死の前年の二月のことである。母の誕生日は三月十五日であったが、勤めを持っている者たちの都合もあって、十日ほど遅くし、郷里の町の温泉旅館の広間が会場に当てられた、息子、娘、その配偶者、孫、曾孫《ひまご》、全部で二十四名が、数え年八十八歳の誕生日を迎えた母のために集った。席は三つのグループに別れ、それぞれが大きい円い卓を囲んだ。一番奥の卓には弟夫婦、志賀子夫婦、桑子、美津、それに私がはいって、床を背にした母を囲むようにした。

会場にはいるまでは、母は何となく皆が自分のために集ってくれていることが判るらしく、いそいそとした感じで楽しそうであったが、宴席について、みんなからおばあちゃん、おばあちゃんと言われ、祝盃が挙げられたり、孫たちから祝物が贈られたりする頃から、母は浮かない顔になった。桑子が隣りに坐って、母のために料理を小皿にとったり、やわらかいものを選んでやったりしていたが、母はそんなことではごまかされませんよといった風に、食べものにはさして関心を示さなかった。

「どうしたの、おばあちゃん、おばあちゃんのお祝いではないの」

志賀子が言うと、

「わたしの？　そう、わたしのお祝い？」

母は言った。母は自分が祝われていることが解っていないわけではなかった。確かに自分のために みなが集り、おめでとう、おめでとうと言ってくれている、それは判っている。しかし、それを額面通り受取って悦んでいいかどうか、その点が自分には納得ゆかない、そういったところが、母にはあるようであった。皆はおめでとう、おめでとうと言って、自分を祝ってくれているらしいが、当の自分としてはそれほど祝わるべきことでもなさそうな気がする、母は終始そんな顔をして、どこへ向ける眼も多少胡散臭《うさんくさ》そうであった。孫が歌を唱《うた》っても、曾孫が幼稚園で覚えた踊りを披露しても、母はお愛想にちょっと笑いを口辺に漂わせたがすぐ視線をあらぬ方に持って行った。どこかに鬱々《うつうつ》として怡《たのし》まないところがあった。

宴半ばに、記念写真を撮るために写真屋が部屋にはいって来た時、志賀子は母のための赤い頭巾と赤い袖なし羽織を取り出した。母は最後まで、その奇妙な赤いものを受付けようとしなかった。結局、志賀子に叱られて、写真を撮る時だけ、赤い頭巾を頭に載せ、赤い羽織で上半身を包んだ。母が厭《いや》がるだけあって、母には似合わなかった。撮影が終ると、母は多少怒りを現した仕種《しぐさ》で、おそらく母としては人間が纏《まと》うべきものでないと感じたものを、自分の体から放した。

私はこの祝宴の主催者でもあり、招集者でもあったが、若い者たちに任せたこの宴席のスケジュウルについては口を挟まなかった。母以外の者はみな楽しそうで宴席は次第に賑やかになったが、母ひとりが楽しんでいないように見えるのが気になった。

母は幼い年齢の母になって、もっと豪華で贅沢な世界の中にはいっていたかも知れない。そうとすれば、母にとってはこの祝宴は貧しく感じられ、このような席で、何を祝われるか知らないが、とにかく祝われるのはお断りするといったところがあったかも知れない。それからまた母は自分の米寿の祝のために多少ざわめき出したこの二、三日の周囲の空気から、幾つかの感覚的データを拾い集め、祝宴とはまるで異ったドラマを組み立てて、その中に生きていたかも知れないのである。

しかし、いずれにしても、この祝宴において終始鬱々として怡まなかった母は、さして私には厭ではなかった。母らしいと思ったし、最近では一番母らしい母だと思った。

母中心に考えればあまり成功したとは言えそうもない母の米寿の祝の翌日、郷里の家に久しぶりで兄妹たちは集った。前夜の宴席では浮かない顔をしていた母も、この日は息子や娘たちに取り巻かれ、絶えず笑顔を見せていた。何が母を変らせているか、誰にも判らなかった。

母の心身の衰えは誰の眼にもはっきりしていた。母は殆《ほとん》ど口をきくことはなく、以前と同様に同じことを何回でも繰返していたが、いつもひとり言のように口の中で呟いているので、それが余り目立たなかった。また母はいったん腰を降ろすと、そこから動かなかった。席を移動することが大儀らしく、自分の周囲に人が居なくなっても、そのままそこに坐っていた。二、三年前の母では考えられないことであった。

「お蔭で、このところ私はおばあちゃんから解放されています。夜中に起き出して来ることもだんだん間遠になって、いまは何日かに一回ぐらい。その替り、起き出して来る時は幽霊ね。動作がのろいでしょう、本当に幽霊がはいってくるみたい。前は私がお台所に行けばお台所に、玄関に行けば玄関に、一日中私のあとをつけ廻したんですが、それが最近はぱったり——、時々背後におばあちゃんが居ないことに気付いてはっとすることがあります」

志賀子は言った。

その日は、みんな何となく母に付合ってやるような気持で、母も何年かずつ暮した父の任地のことを話題にのせた。台北、金沢、弘前、そうしたところのことが主に取り上げられた。

おばあちゃん、あの人知っている？ 娘たちが訊くこともあれば、おばあちゃん、あの人のことは覚えていないだろうねと、私や弟が訊くこともあった。母は大抵の人のことを忘れていたが、時に、

「ああ、あの人はいい人だった。親切ないい人だった。子供さんのない人でしたが、どうしていなさるか」

そんなことを言った。瞬間、母は生き生きした顔をした。毀れた頭の中にさあっとひと条《すじ》の光線でも射し込んでいるかのようで、そうしたことが息子や娘たちを驚かせた。母はそうした人を三人か四人憶《おも》い出した。母の頭の中で、名前と人物とがぴったりと一緒になっていることが、母の表情から判った。そしてそうした人を思い出すと

同時に、母の口から出る言葉はいつも型にはまったように同じであった。

「ああ、あの人はいい人だった。親切ないい人でした」

これに反して、息子や娘たちが口にした人物のことをどうしても憶い出せない場合は、黙って首を横に振るか、時には、

「どうせ、たいした人ではないでしょう」

と、そんな憎まれ口をたたいた。自分が憶えていないくらいであるから、どうせたいした人ではないに決まっている、そういう意味らしかった。

「おばあちゃんらしいわね。自分が忘れたことを棚に上げて、その原因を相手にかぶせてしまうんですからね」

桑子が言った。その時、

「僕は思うんだが、おばあちゃんの場合を見ていて、人間耄碌すると、自分の子供も、何の血の関係もない他人も同列に置いてしまうんじゃないかと思うな。子供の方は自分の親だから、自分のことだけは忘れはしないだろうと思うが、この考え方は甘いんだな。僕などはとうの昔に忘れられてしまった。もちろんこうして顔を合せていれば、何か自分にとって特別な関係の人だとは思うらしいんだが、と言って、自分の息子とは思っていないんだ。名前を言うと、その名前は自分の息子の名前だったと思

うらしいが、その名と僕とは一緒にならないんだ。僕など、どういうものか、おばあちゃんからまっ先にきれいさっぱりと忘れられてしまった」

弟は多少の感慨をこめて言った。

「そんなことを言えば、私などは十年もおばあちゃんと一緒に暮して、毎日のように世話してあげているんですが、いつからか知らないけれど、娘だとは思われなくなってしまっているわ。年とった召使ぐらいに思っているらしいの。おばあさん、おばあさんと呼んでいるでしょう。ずいぶんいい気なものだとは思うけど、これも、まあ、仕方ない」

志賀子は言った。実際に志賀子が一番割りの悪い籤《くじ》を引いていた。志賀子を忘れるくらいだから、母はもちろん明夫をも忘れていた。私と桑子の場合は、どういうものか比較的遅くまで自分の息子であり、娘であると思っていたようであったが、それがこの二、三年、次第に怪しくなり、いまはいつということなしに忘れ組の方に入れられてしまっている。

「早く忘れられたって、遅く忘れられたって、まあ、結局のところは同じだよ。今は、もうみんな恨みっこなしに平等に忘れられてしまっている。とうとうみんな母親から棄てられてしまった。しかし、父親だって棄てられてしまったんだからね。耄碌というものは怖いものだよ」

　私は言った。私たちは母がいつ父を忘れたか知らなかったが、気がついた時は母の記憶の中で父の存在は影薄いものになっていた。弟の言い方を借りれば、母の老耄は、一緒に長い人生を歩いて来た父親にも、何の特権も与えず、他の人たちと同列に置いたということになる。

「でも、一方で、おばあちゃんは、ずいぶん昔の人を何人も憶えているわね。それも、どうもかなりはっきりと憶えているらしい」

　桑子が言うと、

「自分に親切だった、自分がいい人だと思った人を憶えており、そうでなかった人は忘れているらしいね。僕たち息子や娘たちは、その点からすると、あまり親切な人でも、いい人でもなかったということになる」

　弟が言った。

「そうかしら」

「そうだと思うよ。僕は先刻思ったんだが、おばあちゃんはああいう性格だから、ああ親切ないい人だ、ああ心の優しい人だ、ああなんて厭なことをする人だ、ああなんて厭なことを言う人だ、そういう感じ方が強かったと思うね。人一倍、そういう感じ方は強かったに違いない。それで、心の中で、きっと親切でいい人にはまるをつけ、その反対の人には斜めに線を引いたと思うんだ。まるをつけようが、線を引こうが、惚《ぼ》けなければ別段どうということはないわけだが、幸か不幸か、惚けてしまった。そして惚けてしまうと、斜めに線を引いた人から忘れ出したんだな。同じ忘れるにしても、多少序列みたいなものはあるかも知れないが、まあ大体、片方から順々に忘れて行ったんだね」

「それじゃ、まるで消されたみたいね」

「実際に消されたんだからね。僕など年賀状を出す時、もうこの人はいいだろうと名簿から消すことがあるが、まあ、あんなようなものだと思うんだ」

「では、私たちみんな名簿から外された口ね。いつか斜めに線を引かれていたのね」

「そりゃ、大引かれだ」

「いつ引かれたのかしら」

「そりゃ、判らん」

弟は言った。弟は半ば冗談に紛らわして言っていたが、全部が全部冗談とも思われなかったし、聞いていて何か考えさせられるものがあった。確かに人間というものは自分が人生途上で知り合った人たちを名簿に書き入れたり、消したりしているのである。

「では、そういうあなたは、いつおばあちゃんに線を引かれたの？」

志賀子は弟に訊いた。

「さあ、若い時就職のことでおふくろと言い争ったことがあったが、その時かも知れない」

「ずいぶん昔のことじゃない」

「とにかく、そんな時、僕は線を引かれたんだな。おばあちゃんが惚けなければ、ただ線を引かれただけのことですんだのだろうが、惚けたので消されちゃった」

弟の話を聞いていて、私は母が弟を消した時があったとすれば、それは養子として他家にはいった時ではなかったかと思った。母は弟の縁談には大賛成で、乗気であったが、その縁組が成立し、自分が産んだ子供が他家の人として自分から離れて行くことになった時、母は弟を一番可愛がっていただけにふいに自分が子供から棄てられたような気持になったのではなかったか。母が弟の名前の上に線を引いたとすれば、そういう時かも知れない。

「では、お父さんは？」

桑子が言った。

「そりゃ、終戦の時だろう」

こんどは、私が言った。父が母の手で線を引かれたとすれば、それ以外の時ではなかったろうと思う。一生を軍服姿で送った父の権威と栄光が終戦と共にたわいなく剝《は》ぎとられ、なんの価値もない姿で敗戦の社会に投げ出された時、母は父にこれでは話が違うではないかと言いたかったのではないかと思う。父は現役時代は母に対して暴君であったが、母はそうした父によく仕えたし、退役後は急に隠遁癖《いんとんへき》の募《つの》った父に代って、郷里で在郷婦人会長という役も引受けたりして、軍人の妻として一応やるべきことはやっていたのである。自尊心が強くて勝気であっただけに、終戦による父の権威の失墜は母には打撃であったに違いない。母は父に対して多少開き直ってものを言いたいところがあったかも知れない。線を引けば、まあ、そういう時引いたのであろう。

「そうなると、私も、桑子さんのご主人も、やはり終戦の時引かれたんだな」

明夫が言った。明夫も軍人であったし、桑子の夫も軍医であった。

「お兄さんが引かれたのは？」

桑子が私に訊いた。

「美津と結婚した時かな。そうでなかったら、医者にならないで、新聞記者になった時だろう。新聞記者になると言った時は、浮かない顔をしていたからね」

私は言った。代々医を業《なりわい》としていた私の家の系図は私によって改められていた。私が大学の医学部に進まなかったことは、祖父清司の許で育てられていた頃から、自分の家を特別な医者の家柄と思い込んでいた母にとっては殆ど信じられぬような事件であったに違いない。しかし私はそうしたこととは別に母が私の名の上に線を引いた時があったとすれば、それは私自身気付かない時ではなかったかという思いもあった。私ばかりでなく、弟も、志賀子も、明夫も、桑子も、みな自分自身が気付いていない時、母に線を引かれているかも知れなかった。

私たちがこんな勝手なことを多少打ち興じて話している時、当の母は隣室の椅子の上に坐って、仰向けた顔の上にハンケチを当てて眠っていた。惚けてはいたが、自分の寝顔に注意を払っているところなどは母らしく思われた。息子や娘たちのなかなか及び難いところであるかも知れなかった。

母の米寿の祝があった年の秋から翌年の春にかけて、私は三回郷里の家を訪ねたが、私の眼に映る母の姿はその度にひと廻りずつ小さくなっているように見えた。母はいつも中庭に面した部屋の置炬燵《おきごたつ》の前にその小さい体を置いていた。寒い時は炬燵で体を暖め、暖《だん》をとる必要のない時は時で、母はそこから離れず炬燵にもたれるようにして坐っていた。夜になるとその炬燵の横に寝床が敷かれ、母はそこで眠っていた。母は終日そこから立ち上がらなかった。以前は庭に木の葉一枚散っても、目敏《めざと》くそれを見付けて立ち上がって行ったたし、大体一刻《いっとき》も坐っているようなことはなかったが、今の母は体を少しでも動かすのが大儀のように見受けられた。

食事の時だけ、母は居間にやって来て食卓の前に坐ったが、食事の量はよくこれで体が保って行けると思うほど少かった。いつも甘くやわらかく煮た煮豆がほんの僅《わず》か盛られた小さい皿が配せられてあったが、その方にだけ箸が動いていた。肉類はいっさい口にしなかったし、野菜も果物も食べなかった。若い時から好き嫌いはあったが、老耄が深まってからは一層それが烈しくなり、気に入らぬものは見向きもしなかった。おばあちゃんは卵焼と煮豆があればいいの、きっと小さい時、こんなものだけで育ったのね、志賀子は言った。

母は一層口数も少くなっていた。口をきかないと老耄の程度は判らなかった。たまに訪問者が母の炬燵の傍に坐ることがあった。母は自分の前に坐っている人が誰であるか判らなかったが、誰にでも通用するような笑いを顔に浮かべて、今日はいいお天気のようですねとか、あなたもお変りなくてとか、これも当り障りない言葉を口から出していた。母は自分の老耄を人に気付かせないように用心深くなっていた。このような母であったから、体力は衰えていたが、排泄物の粗相《そそう》をするというようなことはめったになく、志賀子はそういうことで苦労することはないようであった。それに渓《けい》谷《こく》から温泉を引いてあって、いつも小さい浴室に湯が溢《あふ》れていたので、たとえそういうことがあっても、そうしたことの始末は比較的簡単であった。が、母はそういう場合でも、できるできないは別にして、おそらく志賀子の手を煩《わずら》わさないで、自分で処理する気持だけは失っていないことであろうと思われた。

正月の帰省の折、私は母の衰えた体を見て、母がいつ倒れてもふしぎはないという思いを持った。明夫も同じ意見であった。しかし、志賀子も、美津も、桑子も、女たちはみな母が案外これから何年もこのままの状態で生き続けるのではないかという見方をしていた。

今年の五月から六月へかけて、私はアフガニスタン、イラン、トルコの旅に出たが、その旅に出る前に母に会っておこうと思って、帰省の日程まで志賀子夫婦の方に連絡してあったのであるが、その日になって、くるまの手配までしてから、急に取りやめることにした。何となく母に暇乞《いとまご》いにでも行くような気がして、行かないでおく方が無難だという気持になったのである。そのことを、志賀子に電話で伝え、もし旅行中に母に変事があったら、美津や桑子たちと相談して、万事取計って貰うよう頼んだ。

「まあ、おばあちゃんにめったなことはありませんね。ゆうべなどはよく寝《やす》み、今朝はいつまで経っても起きて来ないので、二回も見に行ったほどです。顔の皮膚なども艶々して、娘々して来ています。私の方がよほどおばあさんです」

志賀子は言った。

その旅から私が帰ったのは六月の終りで、梅雨はまだ明けていなかった。沙漠や辺境地帯をくるまで廻った荒い旅の疲れが、夏中私を別人のようにしていた。八月にはいってから軽井沢に暑さを避けたが、軽井沢でも不眠の夜が続いた。漸《ようや》くそうした旅の疲れから脱け出したのは九月になってからで、東京の書斎の縁側から秋晴れの気持よい空を見上げた時、ふいに思い立って郷里へ出掛けて行くことにしたのである。郷里の家へはいるのは半歳ぶりのことであった。母は、私の眼にはこの前と少しの変りもなく見えた。相変らず中庭に面した部屋で、空の炬燵の前に坐っており、見知らぬ人を迎えるように私を迎えた。旅に出掛ける前の電話で志賀子が言ったように、母の顔の皮膚は艶々しており、口をきく時ははにかんでいるように見え、そういうところは老婆というより娘の方に近い感じであった。

私は郷里の家に二泊した。二日目の夜、私は二階から降りて、洗面所へ通じている廊下を踏んで行ったが、その時反対に洗面所の方から歩いて来る母とぶつかった。寝衣姿の母はやはり年齢にふさわしい老婆の姿であり、老婆の顔であった。

「雪が降っていますね」

母は言った。雪など降っていないと私が言うと、非を咎《とが》められでもしたように神妙な顔になったが、こんどは声を低くして呟くように、また、

「雪が降っていますね」

と、同じことを言った。私は母を寝室まで送り、自分はそこにはいらないで洗面所へ行った。雪が降っていよう筈はなかったが。洗面所の窓を開けて、戸外を覗いた。戸外は暗かったが、空の一部には星が見え、裏庭の叢《くさむら》ですだいている虫の声が聞えていた。

私は二階の部屋に戻る途中、母の寝室を覗いた。寝床は敷かれてあったが、母はそこにははいらないで、昼間の母のように炬燵の前に坐っていた。九月の終りなので母の寝衣姿は寒そうではなかったが、私は枕許に畳んで置かれてある着物を母の背にかけてやり、炬燵を挟んで、母と向かい合って坐った。私は母の錯覚が何によって引き起されたか、それを知ろうと思って、母の前に坐ったのであったが、私が口を開く前

に、

「雪が降っていますね。一面の雪」

と、母はまた言った。

「雪が降っているような気がするの？」

「でも、降っていますもの」

「雪なんて降っていない。星が出ている」

すると、母はそんな筈はないといった表情で何か言おうとしていたが、いい言葉が思い浮かばないのか口を噤《つぐ》み、暫く間を置いてから、

「ほら、雪が降っています、ね」

恰《あたか》も戸外の雪の音にでも耳を傾けているようなしんとした表情で言った。私も母を真似て耳を澄してみた。戸外からも、家の内部からも、何の物音も聞えていなかった。志賀子夫婦は自分たちの部屋にはいっており、すでに十一時を大分廻っている時刻なので寝に就いていると思われた。昔、母にとっては祖父、私にとっては曾祖父に当る清司が診療所を開いて住んでいたこの郷里の家は、さして広くはないが、夜になるとがらんとした空家の感じを持って来ていた。

私は、母はいま、いつか東京の家でそうであったように状況感覚の中に生きている

と思った。母と空の炬燵を挟んで向かい合っていると、なるほど二人を取り巻いている夜の静けさは、雪でも降っている夜の静けさに通じていないでもないように思われた。それにしても、母はもう四十年以上も雪の夜は知らない筈であった。父が軍医として赴任したところは、旭川、金沢、弘前といった雪国が多かったが、旭川は母の二十二、三歳の時の赴任地であり、金沢、弘前は父の退役近い時期の赴任地であった。父は弘前で退官したが、それから数えて四十余年の歳月が経過している。

「弘前のことを覚えている？　弘前ではお正月に毎日雪が降ったね」

私は訊いたが、母は不得要領の面持であった。金沢の場合も同じであった。

「そうね、雪が降りましたね」

母は質問に答えられなかったそのあとでそんなことを言ったが、それが口の上だけのことであることは明らかであった。

「おばあちゃんの行ったところでは、旭川というところが一番雪が多かったね。毎晩、毎晩雪が降った」

私が言うと、

「そうでしたかね、毎晩、毎晩、雪がね、そんなところでしたかね」

母はちょっと首をかしげて、そのことでも思い出そうとしているかのようであった

が、その時、その顔は私にはひどく辛そうで、悲しげなものに見えた。母は表情を改めると、

「みんな忘れてしまいましたね。惚けてしまって」

と言った。

「もういいの、思い出さなくても」

私は言った。奇妙なことであったが、母が昔のことを思い出そうとしている表情や、首をかしげたり、顔を俯《うつむ》向けて自分の膝の上に眼を落したりしている仕種には、何か懺悔《ざんげ》でもさせられているような虔《つつま》しさと痛ましさがあった。私は母に昔のことを思い出させる権利はないと思った。母の場合、失われた記憶の中から何かを引き出そうとすることは、それこそ雪の落ちている凍った沼の中から、そこに沈んでいる木片の束でも引張り出すような作業であるかも知れないのである。その作業も辛く悲しいことであろうし、引出される木片の束も冷たい水の雫《しずく》を滴《したた》り落している。

私は母を寝床に入れて、母の寝室を出た。そしてその夜、私は二階の部屋の寝床に身を横たえてから、母が雪の降る夜の中に生きているのは、今夜ばかりのことではないかも知れないと思った。母は昨日も、一昨日も、雪の降る音を聞き、雪の降る音に耳を澄ませながら夜の時間を過したり、眠ったりしていたかも知れないのである。も

しかすると明日も、明後日も、同じような夜が見舞うかも知れない。私は現在の母の姿が本当の孤独の姿というものであろうかと思った。今はもう人の世の愛別離苦に心を動かされることも、他人の死や香奠に心を煩わされることもない。一時期烈しく母を駆り立てた本能の青い焔も消えている。雪の降る夜の中に生きていても、そこにドラマを組立て、自ら出演するには心身共に衰えている。驕慢な少女に仕立てあげられた幼い日の母に返っているかも知れないが、すでに舞台の照明は消え、あらゆるきらびやかな道具立ては闇に呑み込まれてしまっている。長い生涯の伴侶だった夫も失い、二人の息子も、二人の娘も失ってしまっている。弟妹も、親戚の者たちも、知人も、親しかった人々も、みな失ってしまっている。失ったのではなくて棄ててしまったのかも知れない。母は今幼時生い育った家にひとり住んでいる。夜毎、母の周囲には雪が落ちている。今は忘れてしまった遠い若い日に心に刻まれた白い雪の面だけを、母は見守っている。

翌日、私は九時頃起きて、居間の椅子に腰かけて、遅い朝食を摂った。母は傍に来て、ソファの上に坐って庭の方へ視線を投げていたが、時々私の方に顔を向けた。何か話さなければいけないと思っているらしかったが、何を話していいか話すべきことが判らないように見えた。

「そう、来月ね」

母は笑顔を見せたが、私が誰であるかも、来月来るというが、それがいつのことであるかも判らない風であった。

十時にくるまが来た。

「じゃ、おばあちゃんも元気で」

私が言うと、

「もうお帰りですか」

母は玄関まで送って来た。土間に降りようとしたので留めると、

「では、ここで」

と母は言って、玄関の上《あが》り框《かまち》の上に立っていた。くるまに乗る時、母の方へ眼を遣《や》ると、母はこちらに顔を向けたまま、両手で襟《えり》を合せていた。一生懸命に襟を合せているといった、そんな仕種に見えた。着物の乱れを直して送ろうと思っていたのであろう。これが私が見た母の最後の姿であった。

私と桑子を乗せたくるまが郷里の家に着いたのは正午少し前であった。母の寝室であった部屋には親戚の者や近所の人たちが数人、卓を囲むようにして坐っていた。その部屋と奥の座敷との襖は取り外され、奥の座敷には蒲団がのべられ、その上に母の遺体が横たわっていた。そこにも親戚の人たちが三、四人坐っていたが、私はその方に会釈して、すぐ母の遺体の前に進んだ。母は人形のようなきれいな顔をしていた。口を少し曲げているところは、若かった頃の母が気取った時見せる表情であった。顔に触り、手に触ってみた。氷のように冷たかった。

志賀子がやって来て、手が冷たいでしょう、ちょっと握っていてあげると、すぐ暖まりますよと言った。私は言われるままに、そのようにした。こちらの体温がすぐ母の骨と皮だけになった手に移って行くように感じられた。母の手は晒《さら》したように白く、そこに血管が青く浮き上がっていた。

夕方、二、三里離れた集落から若い僧侶が来て、母の入棺前の読経が始まった。七時に東京から美津と長女がやって来た。二人が焼香するのを待って、母の遺体は柩《ひつぎ》に収められた。親戚の女の人たちの手で、母は白い手甲《てっこう》、脚絆《きゃはん》をつけ、白い帷子《かたびら》を着せられた。米寿の祝の赤い羽織は似合わなかったが、白い帷子の方はよくうつった。凛々《りり》しい旅立ちの姿であった。志賀子が短刀を母の懐中に入れてやった。桑子と美津と孫たちが菊の花で母の顔を包んだ。

その夜、通夜が行われた。桑子の娘夫婦の顔も見えた。桑子の娘の主人は若い精神科の医師で、ここ二年ほど時々郷里の家に母を見舞って、その度に母を診察してくれていた。母の晩年が安らかになったのはこの若い医師の投薬に負うところが大きかったのではないかと思っていたので、私にとっては姪夫婦に当る若い二人に、私は亡くなった母に代って礼をのべた。

若い医師は、十日ほど前にここに来て、母を診察したが、その時はこんな急な変事は予想されなかったと、その時の診断の結果などを説明してから、

「最後におばあちゃんに手きびしくやっつけられましたよ」

と言って、笑った。

「診察を終ってから、おばあちゃんの部屋で、みなでお茶を飲んでいたんです。そうしたら、おばあちゃんは僕の方を見て、傍に居た妻にあの人は誰かと訊いたんです。妻がいまおばあちゃんが診て貰ったお医者さんではないですかと答えると、おばあちゃんは低い声で、誰にともなく、お医者さんにもいろいろあるからね、と言ったんです。驚きましたね。完全に一本とられたといったところです」

若い医師は言った。私は母のあの枯れ切ったひと握りの体の中で、その時母らしい

ものの最後の欠片《かけら》が、ぱっと小さい焔を見せて燃えあがったのであろうと思った。

一日置いて、二十四日に、私も、美津も桑子も、志賀子夫婦も、みな五時に起きた。六時に、私は母の遺体の収っている棺の前に立った。近親者がそれぞれに棺の内部を覗いて、母と最後の別れをするのを、横から見守っていた。母は相変らず年端のゆかない娘のような顔をしていた。この時もまた凛々しく見えた。私は石で柩の蓋《ふた》に釘《くぎ》を打った。バスの霊柩車に柩が収められると、親戚の者や近所の人たちが二十人ほど乗り込んだ。くるまは下田街道を走り、修善寺で街道から外れて、大見川に沿った道にはいり、火葬場に向った。小さい渓谷は紅葉で埋まっていて、ところどころに点在している集落は周囲の紅葉のためか、しっとりと濡れたように見えた。

火葬場に着くと、僧侶の読経があり、それが終ると、柩はすぐ火葬坑に収められた。私は火葬場の職員に導かれて建物の裏手に廻り、再び建物の中にはいって、火口の前に立った。そして職員の指示によって、灯油で湿《しめ》してある布片にマッチで火を点じた。瞬間、赤い焔が火口の向うで見え、ごうごうたる火焔の音が沸き起った。

二時間ほどの時間を待合室で過した。そして係りの老人の報せで待合室を出て、二時間前に母の柩が収められた火葬坑の前に立った。やがて老人の手で蓋のない大きな長方形の金属製の箱が引き出された。その中に母の骨片が置かれてあった。骨片には肉親の者が拾う部分と、他の者が拾う部分とがあるということで、老人はそれを箸で撰《え》り分けてくれた。私が最初に骨片を拾い、あとは近親者が次々に骨片を拾っては白い壺に収めた。残っている何個かは私が拾った。すっかり壺に収め終ると、老人は針金で十文字に結び、白紙で包み、それから白木の箱に入れ、そして更にその上に金襴《きんらん》の袋をかぶせた。

私はそれを持って、一番あとから霊柩車に乗った。一番後部に私の席があけられてあった。私はそこに腰を降ろして、母の骨片の収められてある壺を膝の上に置いて、両手で左右から押えた。母は長く烈しい闘いをひとりで闘い、闘い終って、いま何個かの骨片になってしまったと、その時私は思った。

井上靖　年譜

一九〇七年（明治四〇年）――誕生

北海道旭川町（現・旭川市）に、父隼雄、母八重の長男として生まれる。

父は静岡県田方郡上狩野村門野原（現・伊豆市門野原）の旧家の出で軍医、母は同村湯ケ島の医家の長女であった。

一九〇八年（明治四一年）――一歳

父の任地変更で湯ケ島に移る。

一九一二年（明治四五年）――五歳

両親と離れ亡曾祖父潔の妾で、後に八重の養母として入籍していた祖母かのに育てられる。

父の隼雄（1880年5月25日生）

母の八重（1885年2月15日生）

一九一四年（大正三年）――七歳

湯ケ島尋常高等小学校に入学。

一九二〇年（大正九年）――一三歳

祖母かの死去。浜松の両親のもとに移る。浜松師範附属小学校高等科に入学。

一九二一年（大正一〇年）――一四歳

四月、静岡県立浜松第一中学校に首席で入学。

一九二二年（大正一一年）――一五歳

父が台湾に転任。静岡県立沼津中学校（現・沼津東高校）に転校。

一九二四年（大正一三年）――一七歳

他の家族全員が、台湾の父のもとに移ったので、三島の親戚に預けられる。文学好きの友人と交わり、酒やたばこを覚え、文学への目も開かれる。

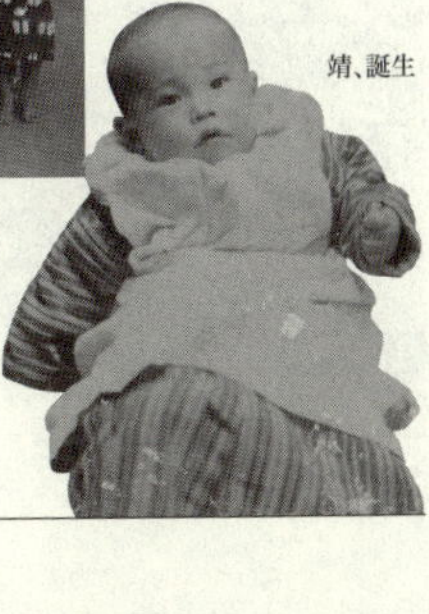

靖、誕生

母、妹の静子と一緒に

友人たちと

一九二七年（昭和二年）――二〇歳
金沢の第四高等学校（現・金沢大学）理科甲類に入学。柔道部に入って練習生活にあけくれる。徴兵検査甲種合格、翌年応召するも、柔道で肋骨を折っていて即日帰郷。

一九二九年（昭和四年）――二二歳
柔道部主将になるも、間もなく退部。詩作を始め「焰」などの同人となる。

一九三〇年（昭和五年）――二三歳
九州帝国大学法文学部英文科に入学、福岡に移るが、大学への興味を失い退学。上京して文学を読みふける。

一九三一年（昭和六年）――二四歳
父が軍医監（少将）で退職し、伊豆の湯ケ島に隠遁。満州事変勃発。

柔道に熱中

両親と弟(達)、妹たち(静子・波満子)。
家族みんなで記念撮影

一九三二年（昭和七年）――二五歳
応召、半月余で解除。京都帝国大学文学部哲学科に入学、美学を専攻。この頃から懸賞小説に連続して入選する。

一九三五年（昭和一〇年）――二八歳
遠縁のふみと結婚。京都に新居を構える。

一九三六年（昭和一一年）――二九歳
京都帝国大学を卒業。「流転」で千葉亀雄賞を受賞し、それが機縁となって毎日新聞社大阪本社に入社する。長女幾世が生まれる。兵庫県西宮市に移る。

一九三七年（昭和一二年）――三〇歳
九月、名古屋にて応召。輜《し》重兵《ちょうへい》として北支に渡る。翌年三月に召集解除。

京都ホテルで、挙式

京都帝国大学の学生証の写真

応召されるも、除隊

一九三八年（昭和一三年）――三一歳
大阪府茨木町（現・茨木市）に転居。娘加代が生まれるも、生後六日で死去。

一九四〇年（昭和一五年）――三三歳
長男修一が生まれる。

一九四三年（昭和一八年）――三六歳
次男卓也が生まれる。

一九四五年（昭和二〇年）――三八歳
次女佳子が生まれる。家族を鳥取県日野郡に疎開させる。終戦の日、「玉音ラジオに拝して」の記事を書く。

一九四七年（昭和二二年）――四〇歳
家族を湯ケ島に移す。二年後、東京都品川区大井森前町（現・西大井一丁目）に移り、家族を呼び寄せる。

長男の修一が誕生

長女の幾世が誕生

一九五〇年（昭和二五年）――四三歳
「闘牛」で第二二回芥川賞を受賞。

一九五一年（昭和二六年）――四四歳
毎日新聞社を退社。以後執筆活動に専念。二年後、品川区大井滝王子町（現・大井五丁目）に転居。

一九五七年（昭和三二年）――五〇歳
東京都世田谷区世田谷（現・世田谷区桜）へ転居。

一九五八年（昭和三三年）――五一歳
『天平の甍』で芸術選奨文部大臣賞を受賞。

一九五九年（昭和三四年）――五二歳
『氷壁』その他で日本芸術院賞を受賞。
父隼雄死去（七九歳）。「蒼き狼」連載。

新聞記者時代

芥川賞受賞を喜び、家族揃って庭で記念撮影。
ここから、作家生活がはじまった

長女・幾世の趣味はカメラ

一九六〇年（昭和三五年）――五三歳
『敦煌』『楼蘭』で毎日芸術大賞を受賞。「しろばんば」連載。

一九六一年（昭和三六年）――五四歳
『淀どの日記』で第一四回野間文芸賞を受賞。

一九六四年（昭和三九年）――五七歳
日本芸術院会員となる。『風濤』で読売文学賞を受賞。『わが母の記』の第一部となる「花の下にて」（のち「花の下」）を発表。

一九六六年（昭和四一年）――五九歳
長女幾世に初孫の朋子誕生。

一九六九年（昭和四四年）――六二歳
『おろしや国酔夢譚』で新潮社第一回日本文学大賞を受賞。

世田谷の自宅・書斎にて

いつも賑やかな家庭だった

日本文芸家協会理事長に就任。『わが母の記』の第二部となる「月の光」を発表。

一九七三年（昭和四八年）——六六歳

母八重死去。（八八歳）

静岡県長泉町駿河平に井上文学館が開館。

一九七四年（昭和四九年）——六七歳

『わが母の記』の第三部となる「雪の面」を発表。

一九七五年（昭和五〇年）——六八歳

『わが母の記』単行本刊行。

一九七六年（昭和五一年）——六九歳

文化勲章受章。

孫たちと一緒に

母の葬儀。伊豆市熊野山の墓地に登る葬列

一九八六年（昭和六一年）——七九歳
食道癌のため国立がんセンターに入院、手術を受ける。
一九八七年（昭和六二年）——八〇歳
最後の長篇『孔子』を発表。
一九八九年（平成元年）——八二歳
『孔子』で第四二回野間文芸賞を受賞。
一九九一年（平成三年）
一月二九日死去。享年八三。
墓所は静岡県伊豆市。

晩年の母と一緒に、湯ケ島の庭で

文化勲章を受章して、帰宅したところ

本書は、一九九七年七月刊、講談社文芸文庫『わが母の記——花の下・月の光・雪の面——』を底本とし、ふりがなを加えた。また、底本にある表現で、今日から見れば不適切と思われる表現があるが、時代背景と作品価値とを考え、著者が故人でもあるのでそのままにした。

|著者|井上 靖 1907年北海道生まれ。'32年、九州帝国大学法文学部英文科を中退後、京都帝国大学文学部哲学科に入学し美学を専攻する。'36年に卒業後、毎日新聞大阪本社へ入社。「流転」で千葉亀雄賞、'50年「闘牛」で芥川賞受賞。'51年、毎日新聞社を退社。'58年『天平の甍』で芸術選奨文部大臣賞、'59年『氷壁』で日本芸術院賞を受賞する。その後も毎日芸術大賞、野間文芸賞、読売文学賞、日本文学大賞などを受賞。'76年文化勲章を授与される。多くの傑作を残す昭和の偉大な小説家である。'91年1月逝去。

わが母《はは》の記《き》

井上《いのうえ》 靖《やすし》

2012年3月15日第1刷発行

発行者──鈴木 哲

発行所──株式会社 講談社

東京都文京区音羽2-12-21 〒112-8001

電話 出版部 (03) 5395-3510

販売部 (03) 5395-5817

業務部 (03) 5395-3615

Printed in Japan

講談社文庫

定価はカバーに表示してあります

デザイン──菊地信義

本文データ制作──講談社デジタル製作部

印刷───株式会社廣済堂

製本───加藤製本株式会社

ISBN978-4-06-277222-8

講談社文庫刊行の辞

二十一世紀の到来を目睫に望みながら、われわれはいま、人類史上かつて例を見ない巨大な転換期をむかえようとしている。

世界も、日本も、激動の予兆に対する期待とおののきを内に蔵して、未知の時代に歩み入ろうとしている。このときにあたり、創業の人野間清治の「ナショナル・エデュケイター」への志を現代に甦らせようと意図して、われわれはここに古今の文芸作品はいうまでもなく、ひろく人文・社会・自然の諸科学から東西の名著を網羅する、新しい綜合文庫の発刊を決意した。

激動の転換期はまた断絶の時代である。われわれは戦後二十五年間の出版文化のありかたへの深い反省をこめて、この断絶の時代にあえて人間的な持続を求めようとする。いたずらに浮薄な商業主義のあだ花を追い求めることなく、長期にわたって良書に生命をあたえようとつとめるところにしか、今後の出版文化の真の繁栄はあり得ないと信じるからである。

同時にわれわれはこの綜合文庫の刊行を通じて、人文・社会・自然の諸科学が、結局人間の学にほかならないことを立証しようと願っている。かつて知識とは、「汝自身を知る」ことにつきていた。現代社会の瑣末な情報の氾濫のなかから、力強い知識の源泉を掘り起し、技術文明のただなかに、生きた人間の姿を復活させること。それこそわれわれの切なる希求である。

われわれは権威に盲従せず、俗流に媚びることなく、渾然一体となって日本の「草の根」をかたちづくる若く新しい世代の人々に、心をこめてこの新しい綜合文庫をおくり届けたい。それは知識の泉であるとともに感受性のふるさとであり、もっとも有機的に組織され、社会に開かれた万人のための大学をめざしている。大方の支援と協力を衷心より切望してやまない。

一九七一年七月

野間省一

講談社文芸文庫

里見弴
荊棘の冠
解説=伊藤玄二郎　年譜=武藤康史
実際の事件を基に、美しき天才ピアニストの少女とその父に焦点をあて、「天才よりも大事なものがある」という考えを軸とし、人間の嫉妬や人生の機微を描いた作品。
978-4-06-290151-2 さL4

川村二郎
アレゴリーの織物
解説=三島憲一　年譜=著者
二〇世紀最大の批評家ベンヤミンと、彼のよき理解者アドルノ。今なお世界に影響を与え続ける思想家を、日本でいち早く受容した著者が敬愛を込めて論じた名著。
978-4-06-290154-3 かG4

吉行淳之介・編
酔っぱらい読本
解説=徳島高義
古今東西、酒にまつわる日本の作家22人によるエッセイと詩を精選。飲んでから読むか？　読んでから飲むか？　綺羅星の如き作家群の名文章アンソロジー。
978-4-06-290153-6 よA12

井村仁美　アナリストの淫らな生活〈ベンチマーク〉
池内ひろ美　リストラ離婚〈妻が・夫を・捨てたわけ〉
池内ひろ美　読むだけで「いい夫婦」になる本
いしいしんじ　プラネタリウムのふたご
伊藤たかみ　アンダー・マイ・サム
池永　陽　指を切る女
池永　陽　雲を斬る
井川香四郎　冬の蝶〈梟与力吟味帳〉
井川香四郎　日照り草〈梟与力吟味帳〉
井川香四郎　忍《すい》冬《かずら》〈梟与力吟味帳〉
井川香四郎　花《はな》の詞《ことば》〈梟与力吟味帳〉
井川香四郎　雪の花火〈梟与力吟味帳〉
井川香四郎　鬼《き》雨《う》〈梟与力吟味帳〉
井川香四郎　科《しな》戸《と》の風〈梟与力吟味帳〉
井川香四郎　紅《くれない》の露〈梟与力吟味帳〉
井川香四郎　惻《そく》隠《いん》の灯《ひ》〈梟与力吟味帳〉
井川香四郎　三人羽織〈梟与力吟味帳〉
井川香四郎　闇夜の梅〈梟与力吟味帳〉
井川香四郎　吹《すい》花《か》の風〈梟与力吟味帳〉

伊坂幸太郎　チルドレン
伊坂幸太郎　魔王
伊坂幸太郎　モダンタイムス(上)(下)
岩井三四二　逆ろうて候
岩井三四二　戦国連歌師
岩井三四二　銀閣建立
岩井三四二　竹千代を盗め
岩井三四二　村を助《たす》くは誰《た》ぞ
岩井三四二　一所懸命
絲山秋子　逃亡くそたわけ
絲山秋子　袋小路の男
絲山秋子　絲的メイソウ
絲山秋子　絲的炊事記〈豚キムチにジンクスはあるのか〉
絲山秋子　ラジ＆ピース
石黒　耀　死都日本
石黒　耀　震災列島
石黒　耀　富士覚醒
石黒　耀　忠臣蔵異聞〈家老 大野九郎兵衛の長い仇討ち〉
石井睦美　レモン・ドロップス

石井睦美　白い月黄色い月
犬飼六岐　筋違い半介
犬飼六岐　吉岡清三郎貸腕帳
石川大我　ボクの彼氏はどこにいる？
石松宏章　マジでガチなボランティア
池澤夏樹　虹の彼方に
伊藤比呂美　とげ抜き〈新巣鴨地蔵縁起〉
伊東　潤　戦国無常　首獲り
伊東　潤　疾《はや》き雲のごとく
石塚健司　特捜崩壊
市川森一　蝶々さん(上)(下)
池田清彦　すこしの努力で「できる子」をつくる
内田康夫　死者の木《こ》霊《だま》
内田康夫　シーラカンス殺人事件
内田康夫　パソコン探偵の名推理
内田康夫　「横山大観」殺人事件
内田康夫　漂泊の楽人
内田康夫　江田島殺人事件
内田康夫　琵琶湖周航殺人歌

内田康夫 夏泊殺人岬
内田康夫 平城山《ならやま》を越えた女
内田康夫 「信濃の国」殺人事件
内田康夫 鐘
内田康夫 風葬の城
内田康夫 透明な遺書
内田康夫 鞆《とも》の浦《うら》殺人事件
内田康夫 箱庭
内田康夫 終幕《フィナーレ》のない殺人
内田康夫 御堂筋殺人事件
内田康夫 記憶の中の殺人
内田康夫 北国街道殺人事件
内田康夫 蜃気楼
内田康夫 「紅藍《くれない》の女《ひと》」殺人事件
内田康夫 「紫《むらさき》の女《ひと》」殺人事件
内田康夫 藍色回廊殺人事件
内田康夫 明日香の皇子
内田康夫 伊香保殺人事件
内田康夫 不知火《しらぬい》海《かい》
内田康夫 華の下にて
内田康夫 博多殺人事件
内田康夫 中央構造帯(上)(下)
内田康夫 黄金の石橋
内田康夫 金沢殺人事件
内田康夫 朝日殺人事件
内田康夫 湯布院殺人事件
内田康夫 釧路湿原殺人事件
内田康夫 貴賓室の怪人〈「飛鳥」編〉
内田康夫 イタリア幻想曲 貴賓室の怪人2
内田康夫 靖国への帰還
内田康夫 若狭殺人事件
内田康夫 化生の海
梅棹忠夫 夜はまだあけぬか
歌野晶午 死体を買う男
歌野晶午 安達ヶ原の鬼密室
歌野晶午 新装版 長い家の殺人
歌野晶午 新装版 白い家の殺人
歌野晶午 新装版 動く家の殺人
歌野晶午 密室殺人ゲーム王手飛車取り
歌野晶午 新装版 ROMMY 越境者の夢
歌野晶午 増補版 放浪探偵と七つの殺人
歌野晶午 新装版 正月十一日、鏡殺し
内館牧子 リトルボーイ・リトルガール
内館牧子 切ないOLに捧ぐ
内館牧子 あなたが好きだった
内館牧子 ハートが砕けた！
内館牧子 B・U・S・U〈すべてのプリティ・ウーマンへ〉
内館牧子 別れてよかった
内館牧子 愛しすぎなくてよかった
内館牧子 あなたはオバサンと呼ばれてる
内館牧子 養老院より大学院
内館牧子 愛し続けるのは無理である。
内館牧子 食べるのが好き 飲むのも好き 料理は嫌い
宇都宮直子 人間らしい死を迎えるために
薄井ゆうじ 竜宮の乙姫の元結いの切りはずし
薄井ゆうじ くじらの降る森
宇江佐真理 泣きの銀次

岡嶋二人　ダブル・プロット
太田蘭三　密殺源流
太田蘭三　殺人雪稜
太田蘭三　失跡渓谷
太田蘭三　仮面の殺意
太田蘭三　被害者の刻印
太田蘭三　遭難渓流
太田蘭三　遍路殺《ころ》がし
太田蘭三　奥多摩殺人渓谷
太田蘭三　白の処刑
太田蘭三　闇の検事
太田蘭三　殺意の北八ヶ岳
太田蘭三　高嶺の花殺人事件
太田蘭三　殺人猟域〈警視庁北多摩署特捜本部〉
太田蘭三　待てば海路の殺しあり
太田蘭三　夜叉神峠死の起点〈警視庁北多摩署特捜本部〉
太田蘭三　箱根路、殺し連れ〈警視庁北多摩署特捜本部〉
太田蘭三　首輪〈警視庁北多摩署特捜本部〉
太田蘭三　殺人熊〈警視庁北多摩署特捜本部〉

太田蘭三　殺《さつ》・風《ふう》景《けい》〈警視庁北多摩署特捜本部〉
大前研一　企業参謀　正・続
大前研一　やりたいことは全部やれ！
大前研一　考える技術
大沢在昌　野獣駆けろ
大沢在昌　死ぬより簡単
大沢在昌　相続人TOMOKO
大沢在昌　ウォームハート　コールドボディ
大沢在昌　アルバイト探偵《アイ》
大沢在昌　調毒師を捜せ　アルバイト探偵《アイ》
大沢在昌　女王陛下のアルバイト探偵《アイ》
大沢在昌　不思議の国のアルバイト探偵《アイ》
大沢在昌　拷問遊園地　アルバイト探偵《アイ》
大沢在昌　帰ってきたアルバイト探偵《アイ》
大沢在昌　雪蛍
大沢在昌　涙はふくな、凍るまで
大沢在昌　ザ・ジョーカー
大沢在昌　亡命者〈ザ・ジョーカー〉
大沢在昌　夢の島

大沢在昌　新装版　氷の森
大沢在昌　暗黒旅人
大沢在昌　新装版　走らなあかん、夜明けまで
大沢在昌　C・ドイル原作　バスカビル家の犬
逢坂剛　コルドバの女豹
逢坂剛　スペイン灼熱の午後
逢坂剛　十字路に立つ女
逢坂剛　ハポン追跡
逢坂剛　まりえの客
逢坂剛　あでやかな落日
逢坂剛　カプグラの悪夢
逢坂剛　イベリアの雷鳴
逢坂剛　クリヴィツキー症候群
逢坂剛　重《じゅう》蔵《ぞう》始《し》末《まつ》
逢坂剛　じぶくり伝兵衛〈重蔵始末㈡〉
逢坂剛　猿曳遁兵衛〈重蔵始末㈢〉
逢坂剛　嫁盗み〈重蔵始末㈣長崎篇〉
逢坂剛　陰の声〈重蔵始末㈤長崎篇〉
逢坂剛　遠ざかる祖国㊤㊦

講談社文庫 目録

逢坂　剛　牙をむく都会(上)(下)
逢坂　剛　燃える蜃気楼(上)(下)
逢坂　剛　墓石の伝説
逢坂　剛　新装版 カディスの赤い星(上)(下)
逢坂　剛　暗い国境線(上)(下)
逢坂　剛　鎖《とざ》された海峡
M・ルブラン原作 逢坂　剛　奇巌城
オノ・ヨーコ 飯村隆彦編　ただの私《あたし》
オノ・ヨーコ 南風椎訳　グレープフルーツ・ジュース
折原　一　倒錯のロンド
折原　一　水の殺人者
折原　一　黒衣の女
折原　一　倒錯の死角〈201号室の女〉
折原　一　101号室の女
折原　一　異人たちの館
折原　一　耳すます部屋
折原　一　倒錯の帰結
折原　一　蜃気楼の殺人
折原　一　叔母殺人事件〈偽りの館〉
折原　一　叔父殺人事件〈グッドバイ〉
折原　一　天井裏の散歩者〈幸福荘殺人日記①〉
折原　一　天井裏の奇術師〈幸福荘殺人日記②〉
大下英治　一を以って貫く〈人間小沢一郎〉
大橋巨泉　巨泉〈人生の選択〉
大橋巨泉　巨泉流 成功！海外ステイ術
太田忠司　紅《べに》天蛾《すずめ》〈新宿少年探偵団〉
太田忠司　鴇色の仮面〈新宿少年探偵団〉
太田忠司　まぼろし曲馬団〈新宿少年探偵団〉
太田忠司　黄昏《たそがれ》という名の劇場
小川洋子　密やかな結晶
小川洋子　ブラフマンの埋葬
小野不由美　月の影 影の海(上)(下)〈十二国記〉
小野不由美　風の海 迷宮の岸〈十二国記〉
小野不由美　東の海神《わだつみ》 西の滄海〈十二国記〉
小野不由美　風の万里 黎明の空(上)(下)〈十二国記〉
小野不由美　図南の翼〈十二国記〉
小野不由美　黄昏の岸 暁の天〈十二国記〉
小野不由美　華胥《かしょ》の幽夢《ゆめ》〈十二国記〉
乙川優三郎　霧の橋
乙川優三郎　喜知次
乙川優三郎　屋《おく》烏《う》
乙川優三郎　蔓の端々
乙川優三郎　夜の小紋
恩田　陸　三月は深き紅の淵を
恩田　陸　麦の海に沈む果実
恩田　陸　黒と茶の幻想(上)(下)
恩田　陸　黄昏の百合の骨
恩田　陸　『恐怖の報酬』日記〈酩酊混乱紀行〉
恩田　陸　きのうの世界(上)(下)
奥田英朗　ウランバーナの森
奥田英朗　最悪
奥田英朗　邪魔(上)(下)
奥田英朗　マドンナ
奥田英朗　ガール
乙武洋匡　五体不満足〈完全版〉
乙武洋匡　乙武レポート〈03版〉
乙武洋匡　だから、僕は学校へ行く！

大崎善生　聖《さとし》の青春
大崎善生　将棋の子
大崎善生　編集者T君の謎〈将棋業界のゆかいな人びと〉
押川國秋　十手人
押川國秋　勝山心中
押川國秋　捨て首〈臨時廻り同心日下伊兵衛〉
押川國秋　中山道の雨〈臨時廻り同心日下伊兵衛〉
押川國秋　母の剣法〈臨時廻り同心日下伊兵衛〉
押川國秋　佃の渡し〈臨時廻り同心日下伊兵衛〉
押川國秋　八丁堀日和〈臨時廻り同心日下伊兵衛〉
押川國秋　辻斬り
押川國秋　見習い用心棒〈本所剣客長屋〉
押川國秋　左利きの剣法〈本所剣客長屋〉
押川國秋　射手座の侍〈本所剣客長屋〉
押川國秋　秘恋の雪〈本所剣客長屋〉
押川國秋　春雷の女房〈本所剣客長屋〉
大平光代　だから、あなたも生きぬいて
小川恭一　江戸の旗本事典〈歴史・時代小説ファン必携〉
落合正勝　男の装い基本編

大場満郎　南極大陸単独横断行
小田若菜　サラ金嬢のないしょ話
奥野修司　皇太子誕生
奥泉光　プラトン学園
大葉ナナコ　怖くない育児〈出産で変わること、変わらないこと〉
小野一光　彼女が服を脱ぐ相手
小野一光　風俗ライター、戦場へ行く
岡田斗司夫　東大オタク学講座
小澤征良　蒼いみち
大村あつし　無限ループ〈右へいくほどゼロになる〉
大村あつし　エブリ リトル シング〈クワガタと少年〉
大村あつし　恋することのもどかしさ〈エブリ リトル シング2〉
折原みと　制服のころ、君に恋した。
折原みと　時《とき》の輝き
面高直子　ヨシアキは戦争で生まれ戦争で死んだ
岡田芳郎　世界一の映画館と日本一のフランス料理店を山形県酒田につくった男はなぜ忘れ去られたのか
大城立裕　小説 琉球処分(上)(下)
太田尚樹　満州裏史〈甘粕正彦と岸信介が背負ったもの〉
大島真寿美　ふじこさん

大泉康雄　あさま山荘銃撃戦の深層(上)(下)
大山淳子　猫弁〈天才百瀬とやっかいな依頼人たち〉
海音寺潮五郎　新装版 列藩騒動録(上)(下)
海音寺潮五郎　新装版 江戸城大奥列伝
海音寺潮五郎　新装版 孫子(上)(下)
海音寺潮五郎　新装版 赤穂義士
加賀乙彦　高山右近
加賀乙彦　ザビエルとその弟子
金井美恵子　噂の娘
柏葉幸子　霧のむこうのふしぎな町
柏葉幸子　ミラクル・ファミリー
勝目梓　悪党図鑑
勝目梓　処刑猟区
勝目梓　獣たちの熱い眠り
勝目梓　昏《くら》き処刑台
勝目梓　眠れない
勝目梓　生《いけ》贄《にえ》
勝目梓　剝《は》がし屋
勝目梓　地獄の狩人

講談社文庫　目録

2012年3月15日現在